バッドエンド目前のヒロインに転生した私、今世では恋愛するつもりがチートな兄が離してくれません!?

BAD END Mokuzen no HEROINE ni
Tensei shita Watashi,
Konse dewa RENAI suru tsumori ga
CHEAT na Ani ga Hanashite Kuremasen!?

著 琴子
画 くまのみ鮭

4

TOブックス

第七章　二度目のランク試験編
「好き」の理由　8
恋を知る　29
ランク試験（一年冬）　51
第八章　地獄の狩猟大会編
TKG　74
少しずつ、少しずつ　97
狩猟大会　108

contents

第九章 初めての誕生日編

十六歳の誕生日 184

書き下ろし番外編 不思議の国のレーネ 211

書き下ろし番外編 クリスマスっぽいパーティー 219

あとがき 240

コミカライズ第三話 243

イラスト／くまのみ鮭　デザイン／伸童舎

ユリウス・ウェインライト

伯爵令息。超絶ハイスペックで掴みどころのないレーネの兄。仲が悪かったはずが、レーネの転生をきっかけに何故か彼女を溺愛してくるようになった。

セオドア・リンドグレーン

とにかく寡黙な第三王子。レーネがめげずに続けた挨拶と吉田のおかげで、少しずつ友情が芽生えている。

レーネ・ウェインライト

本作の主人公。バッドエンド目前の弱気な伯爵令嬢ヒロインに転生した。前世では楽しめなかった学生生活や恋愛を満喫するため、奮闘中。持ち前の前向きさで、Ｆランクを脱出した。

マクシミリアン・スタイナー

騎士団長の息子の子爵令息。少し態度と口は悪いが、いつもレーネを助けてくれる良い人。吉田と呼ばれている。

紹介

人物 characters

ラインハルト・ノークス

超美形の同級生。いじめられているところを助けてくれたレーネに対し、重い恋心を抱いている。

テレーゼ・リドル

侯爵令嬢。レーネの初めての友人。非常に優しく、レーネに魔法や勉強を教えてくれている。

アーノルド・エッカート

ユリウスの友人。天然の人たらしで距離感バグ。レーネの相談によく乗ってくれる。

ヴィリー・マクラウド

男爵令息。レーネの良きクラスメイト。魔法だけなら学年トップクラスの実力を持つ、やんちゃ系男子。

第七章 二度目のランク試験編

「好き」の理由

準備期間からずっと楽しかったハートフル学園祭も、あっという間に終わってしまった。

そして先程ユリウスと帰宅した私は、自室のベッドに倒れ込み枕を抱きしめ、現在のたうち回っている。

「う、うわあああ……えっ……うわあああ……」

何を隠そう、私は前世と今世を合わせても、異性に告白されたのなんて初めてだったのだ。

それも相手は義兄であり、あの何でも持っているハイスペックな完璧人間であるユリウス・ウェインライトだなんて、落ち着けるはずがなかった。

先程のユリウスの真剣な表情が頭から離れず、恥ずかしくて落ち着かなくて、むずむずする。

『好きだよ』

『うん、言葉にするとしっくりきた。すごく好きだ』

何よりまっすぐな言葉や熱を含んだ眼差しから、本当に私を好いてくれているのだと思い知らされていた。

「えっ……えええ……⁉」

改めて思い返しても、驚いてしまう。確かに思い当たることは色々とあったけれど、てっきり家族としての独占欲が爆発しているシスコンだと思い込んでいた。

むしろ私がユリウスを好きになってしまっては、避けられるかもしれない、くらいに思っていたのだ。とんでもない勘違いすぎる。

未だに心臓が早鐘を打っており、顔が熱い。

この先どうしたら良いのだろう。つい先日、告白は交際の申し込みだけではないと知ってしまったため、ユリウスにどう返事をすれば良いのか分からなかった。

そして、自分の気持ちも。

ちなみにあの後は呆然とする私に、ユリウスは「突然ごめんね」なんて言って笑い、それ以降はお互いに無言のままだった。

「レーネ？　起きてる？」

「ひっ！」

ごろごろとベッドの上を転がっていると、ノック音と同時にユリウスその人の声がして、悲鳴が漏れる。

「お、起きておりますが……」

「良かった。入ってもいい？」

「ド、ドウゾ……」

そう答えるとすぐにドアが開き、ラフな格好のユリウスが部屋の中へと入ってきた。

今日の正装とはまた違った眩しさで、思わず目を細めつつ、枕を抱きしめたまま身体を起こす。

「レーネちゃん」

ユリウスは側まで来ると、ベッドに腰を下ろした。

「制服のままだったんだ。着替えないと皺になるよ」

「おっしゃる通りで……」

「俺のことばっか考えて、それどころじゃなかった？」

そして悪戯っぽい笑みを浮かべ、そんなことを言ってのける。

その余裕っぷりがなんだか悔しくて、まさにそうだと責める気持ちを込めて頷けば、予想外だったのか切れ長の目を見開き、口元を手で覆った。

「……ねえ、かわいくて困るんだけど」

こちらもそんな予想外の反応をされては、大変困る。

この甘い空気に耐えきれず、私は「ワ、ワハハ」と訳の分からない乾いた笑いを発した。辛い。

「そ、そそれで、どどどうされたんですか？」

「吃《ども》りすぎじゃない？」

ユリウスはくすりと笑うと、私から枕を取り上げる。

「抱きしめるなら俺にしてよ」

「どうしてそんなことを真顔で言えるの？」

「俺だから？」

いつだってユリウスは堂々としていて強気で俺様で、自信満々で、完璧な人だった。

『……記憶が戻って拒絶された時、目の前が真っ暗になったよ。自分の気持ちがようやく分かった気がした』

けれどあの時だけはひどく不安げで、ただの十七歳の男の子に見えた。

だからこそ、あの告白に対し「冗談なんてやめてよ」なんて言えるはずがなかった。

「さっきは俺もいっぱいいっぱいで言いたいこと全部言えなかったから、話をしにきたんだ」

「すごい、こんなにいっぱいいっぱいって言葉が似合わない人がいるんだ」

「俺のこと、何だと思ってる？」

枕を奪われて手持ち無沙汰になった私の手をユリウスは握ると、余裕たっぷりに微笑んだ。

いっぱいいっぱいだったという彼は、一体どこへ行ってしまったのだろう。

「まず、さっきの告白は本気だから」

「……っ」

そしていきなりストレートすぎる言葉で殴られ、心臓は大きな悲鳴を上げる。

言葉を失う私に、笑顔のままユリウスは続けた。

「俺の一世一代の告白だよ」

「そ、それはまだ、分からないのでは……」

「分かる。俺は一生、レーネ以外を好きにならない」

はっきりと断言されて、少しだけ泣きたくなる。

――家族を失い孤独だった私はきっと、私をずっと好きでいてくれる誰かの存在に憧れていたんだと思う。

「元々、誰かを好きになるつもりなんてなかったし。レーネだけが特別で、大切なんだ」

こんなまっすぐな愛の言葉に、心を動かされない人がいるだろうか。私は大量の血を吐きそうになりながら、ユリウスの手を小さく握り返す。

「あれ、いつもみたいに兄妹なのにおかしいとかシスコンがなんとかって言わないんだ？」

「血が繋がってないの、知っていたので……」

「は？　本当に言ってる？」

もう黙っている必要はないだろう。ユリウスだって、話すつもりで私に好きだと告げたはず。もしかすると、今ここに来たのもそれを伝えるためだったのかもしれない。

「それ、いつ知ったの？」

「エレパレスで、セシルに聞きまして」

「あー、あの辺りから様子が変だったもんね」

嘘は言っていない。流石にアンナさんから聞いたとは言えないし、セシルから「血が繋がっていない」と聞かされたのも事実だった。

「なんで今まで黙ってたわけ」

「その、ユリウスは恋愛感情を持たずに自分を慕ってくれる『妹の私』が好きなんだろうと思っており……」

「流石レーネ、すごい勘違いをしてくれたね」

ユリウスは可笑しそうに笑い、何故か感心したように誉めてくれたものの、全く嬉しくはない。

「逆にユリウスは、どうして今まで黙ってたの？」

「レーネは家族に拘《こだわ》ってるみたいだったから、兄妹ごっこをしてあげようと思って」

「……え」

「でも、もうお兄ちゃんの顔をするのに限界がきた」

そして、ようやく理解した。

『なんだか兄妹みたいだね』

『……私ね、こういう家族にずっと憧れてた気がする』

何もかも、私のためだったのだ。

私が家族の存在に浮かれていたから、言い出せなかったのだろう。

同時に優しい兄を演じてくれていたユリウスは、私が思っていたよりもずっとずっと優しい人なのだと知り、胸が締め付けられた。

「とにかく俺はお前と血は繋がってないし、妹だと思ったことは一度もないよ」

過去にも、同じセリフを言われたことがある。私が不出来すぎるせいだと思っていたけれど、本当に血が繋がっていないからこその言葉だったのだろう。

「これで俺達の間に障害はなくなったね」

「そ、そうなんですかね……」

更に距離を詰めてくるユリウスから逃げるように後ずさると、余計に追い詰められてしまう。

じりじりと後退する中、私は一番気になっていたことを尋ねてみることにした。

「それで、告白はどういう意図で……？」

「意図って？」

「その、私とどうしたいとか……っ、付き合うとか」

こんなことを口に出すのは予想以上に恥ずかしく、だんだんと声が小さくなってしまう。

けれどユリウスは「ああ」と納得したように呟くと、にっこりと微笑んだ。


「結婚しよう？」


信じられない言葉に、私は再び言葉を失ってしまう。

「え？　けっこ……えっ？　本気で？」

「うん。元々は卒業後にレーネと籍だけ入れて、あいつらを追い出した後はお互い好きに生きていく感じにしようと思ってたんだけど、もう手放してあげられないし」

「？？？？？」

「俺はレーネの全部が欲しい。一生分」

「いや、あの……」

「だから、ちゃんと俺を意識して、好きになってね」

そのために告白したのだというユリウスに愛おしげに見つめられ、するりと頬を撫でられる。

「これからは俺、本気出すから」

交際の申し込みだなんて可愛らしいものではなく、まさかのまさかで人生を賭けた重い告白だったらしい。

何もかもが予想を超え、全てのキャパを超えてしまった私はもう、頷くことしかできなかった。

◇◇◇

学園祭が終わり、一年冬のランク試験まで一ヶ月を切った。私は朝から晩までひたすら、勉強に励んでいる。

今日も放課後、吉田に泣きついてお願いし、二人で仲良く空き教室で勉強をしていた。

「ねえ吉田、この問題ってこれであってる？」

「正解だ」

「ありがとう。こっちもこの術式であってる？」

「ああ、正解だ」

「それと私って、結婚したいくらい魅力的かな？」

「間違いなく不正解だ」

「ちょっと」

勉強しながらもやはりユリウスの告白という名のプロポーズが、時折頭をよぎって集中できない。

そんな中、質問ついでに吉田にそう尋ねてみたところ、表情ひとつ変えず、不正解だと言われてしまった。

吉田は溜め息を吐き、参考書から顔を上げる。

「一生お前の面倒を見たい奇特な人間がいるのか？」

「それがそうみたいなんですよ」

失礼な吉田に対し、学園祭前後のユリウスとの出来事をありのまま話したものの、吉田は驚く様子ひとつ見せずに「そうか」と呟いた。

「まあ、そんな気はしていた」

「そうなの？」

「ああ。お前に近づく男がいたら追い払うよう、常日頃言われていたからな。俺は信用できると」

「ええっ……さ、さすが吉田……」

ユリウスからの信頼度が高すぎる。

いつの間にそんなお願いをされていたのだろうか。恥ずかしい。

「それほどお前のことが好きなんだろう」

「吉田……私のナイトになってくれていたなんて……」

「いや、俺は何もしていないが」

どうやら、普通に何もしていなかったらしい。私が全くモテていなかったからだ。恥ずかしい。

「で、何が言いたいんだ」

「なんというか私がユリウスみたいなハイスペックな人に好かれるのって、すごく不思議で」

そう、私はヒロインであり、ユリウスは攻略対象の一人なのだ。万が一、ゲームの強制力なんかで私のことを好きになっていたとしたら、恐ろしすぎる。

だからこそ、周りの男性陣で唯一攻略対象ではない吉田にあんな質問をしてみたのだ。

吉田は器用にペンを手の上でくるりと一回まわし、再び溜め息を吐いてみせる。

「……お前を好きになる理由なんて、いくらでもあるんじゃないか。底抜けに明るい所やバカみたいに一生懸命な所に、救われている人間は多数いると思うが」

私は吉田の言葉を聞きながら、じわじわと胸の奥が温かくなっていくのを感じていた。

「それに俺だって暇じゃないんだ。誰にでもこんな風に付き合ってやったりしない」

「よ、吉田……！」

「お前に恋愛感情を抱くことは一生ないがな」

私はとてつもなくポジティブで脳天気でメンタルが強い自信はあるけれど、色々と上手くいかなかった前世のこともあり、自己評価が高いわけではない。

けれど嘘を吐かず、人を見る目がある吉田にそう言ってもらえるのは何よりも嬉しくて、自信になった。

そもそもゲーム世界とは言え、誰かの気持ちを疑うのは良くないし、もう二度と気にしないことにする。

「本当にありがとう！　吉田の告白、嬉しかった」

「俺の話を聞いていたか？」

「吉田！！！　大好き！！！！！！」

「うるさい、触るなバカ」

ペンを放り投げて吉田に抱きつくと、思い切り顔面をぐいぐいと手で押し退けられた。本当に女子への扱いではないけれど、好きだ。

「私ね、嬉しいことがあった時に最初に報告したいなって思うのも、一番何でも話せるのも、吉田だから！」

「……フン」

吉田はそれだけ言うと、私から顔を背ける。もしや照れているのかと尋ねたところ、めちゃくちゃ怒られた。

ユリウスも今すぐ返事を欲しい訳ではなかったし、ゆっくり気持ちと向き合っていこうと思う。

「ちなみにこの先の問い、全部間違えているぞ」

「えっ………」

そして今、一番心配すべきはランク試験だった。

悩みも解決し普通にやばいと焦り出した私は、今度こそ集中して勉強を再開したのだった。

その後、帰宅すると庭先でユリウスに出会《でくわ》した。勉強の気分転換に散歩をしていたらしい。

ユリウスはいつだって、努力を欠かさない。そういうところにも、私は尊敬の念を抱いていた。

「おかえり。遅かったね」

「ただいま！　吉田と友情を深めてきたんだ」

「あはは、それは良かった」

それからは当然のように二人で並び、歩いていく。肩と肩が触れ合いそうな距離に、少しだけドキドキする。

「ねえ、後で魔法付与について教えてもらっていい？」

「もちろん。夕食が終わったら部屋に行くね」

「ありがとう！」

そうして約束をし、部屋の前まで送ってもらった私はテーブルの上に可愛らしい封筒があることに気が付く。

私宛の郵便物らしく、手に取ってみる。

「はっ、これは……アンナさんからの手紙……！」

先日、好感度についてやルート分岐のタイミング、実は気になっていたアーノルドさんに見覚えがなかった件についてなど、アンナさんへのいくつかの質問を手紙に認め、セシルに送ったことを思い出す。

どうやらセシルがしっかり取り次いでくれたらしい。今度改めてお礼をしなければ。

「……よし」

そして私はドキドキしながら、ピンク色の花が描かれた封筒をそっと開封した。

「えっ……ええっ⁉」

アンナさんからの手紙を読み始めてすぐ、私は思わず大きな声を上げていた。

「こ、このゲーム『マイラブリン』って略称なの⁉」

そう、手紙には何気なく「それで『マイラブリン』についてだけど〜」と書かれており、この流れ的に間違いなく私達が転生した乙女ゲームの略称だろう。

正式名称は未だに分からないものの、とてつもなくダサいのは伝わってくる。マイラブリン。ハートフル学園、パーフェクト学園という学園名を知った時から期待は全くしていなかったけれど、かなりやばいオーラを感じながら、手紙を読み進めていく。

「ふむふむ……やっぱりターン制の作業ゲーだから、好感度は関わる回数で変わるんだ」

けれどアンナさんからの手紙には、本来のゲームはそうであっても、実際は違う気がすると綴られている。

ゲームのようにただ声を掛ければ良いというわけではなく、やはり普通の人と人との関わりと同じく、私達自身の言動によって好感度が変わるのだと。

かなり関わっている攻略対象の中に、アンナさんを嫌っている相手もいるらしい。確かにセシルもアンナさんと割と関わっているけれど、好いている様子はなかった。

「……よかった」

私一人の考えだけでなくアンナさんの意見も聞けたことで、予想は確信へと変わる。

そして同時に、私は心底安堵していた。友人達やユリウスが向けてくれる好意が、ゲームシステムのせいではないと改めて実感できたからだ。

「あ、ルート分岐は一年の冬なんだ。でも好感度も関係ないなら、これも気にしなくて良いかも」

この世界の人々が自分の意思や気持ちから動いているとすると、ゲームのようにルート分岐後、大きな変化が起こるとは思えない。

私が本来のストーリーやイベントを知らないから分からないだけで、これまでも思い切り本来のゲーム展開と違っていた可能性がある。

ちなみにルート分岐前でも、魔力量は一番親密な相手の好感度に比例するらしい。となると、私の今の魔力量はユリウスの好感度次第なのかもしれない。

「アーノルドさんは……逆パケ詐欺⁉」

そしてアーノルドさんはパッケージイラストが作画崩壊しているらしく、ほぼ別人らしい。

見た目どストライクなのに、当時の私が全く反応しなかったことにも納得がいく。アンナさんは不憫なところも含めて推しらしく、今度会いたいと書いてあった。

驚きと予想外の事実の連続に、ドキドキしてしまう。

「ええと、もうすぐ怖くて――……」

そんな中、ラスト二行になった手紙を読み進める。

《もうすぐ怖くて大変なイベントがあると思うけど、頑張ってね♡　杏奈は最初そこで何度も失敗して、ロード繰り返したなあ。それじゃ、またね♡》

「いやいやいや、そこってどこ？　あの、一番大事な説明が思いっきり抜けてるんですけど」

ただ恐ろしいことが起こるという予言だけされ、無情にも手紙は終わってしまった。

傾向と対策も示されず恐怖だけが残り、これなら何も聞かなかった方が良かった気さえする。

アンナさんの手紙は毎回、大きな爆弾を落としてくれていた。

「……と、とにかく前進のみ！　おー！」

色々と気になることはあるものの、とにかく目の前のすべきことを一生懸命頑張り、周りの人達を大切にすることに変わりはない。気合を入れ、片手を突き上げる。

あまり頻度が高いと負担になるだろうし、数ヶ月後にまたアンナさんに手紙を出そうと決める。

レアアイテムらしいぴったり嵌まったままの指輪についてなど、まだ聞きたいことはあるのだ。

そう言えば、二年に一回行われるという二校の交流会が私達が二年生の時にあるらしいし、そこでゆっくり話ができたりするかもしれない。

アンナさんからの手紙は誰かに見られては困るため、クローゼットの中の小箱にそっとしまう。

その際、レーネの母からの手紙が目に入り、私は手を止めた。

「す、少しだけ、失礼します……」

この手紙を読めば、この歪な家やレーネとユリウスについて、少しは分かるかもしれない。そう思い、今回は上から二通目の手紙をそっと開いてみる。

やはり病院からの手紙で、近況報告やレーネを気遣う優しい言葉の数々に胸が温かくなった。

今の両親である伯爵夫妻は最低最悪ではあるものの、レーネは母から深い愛情を受けていたのだと知り、何故か嬉しいような安堵するような気持ちになる。

そして感動している最中、私の口からは「えっ」という間の抜けた声が漏れてしまう。

「えっ……ええっ⁉　えええええええ⁉」

本日一の驚きに、思わず手紙を落としそうになる。

「デイビッド――あなたの本当のお父さんから連絡があって、レーネは元気かと心配していたわ」

呆然としながらも、なんとか手紙を音読する。

確かにユリウスとは血が繋がっていないし、伯爵の子ではないレーネには、実の父親が存在するはずだ。勝手に死別だと思っていたものの、円満離婚だったらしい。

心臓がばくばくと大きな音を立て、早鐘を打つ。

「それと、ルカーシュも元気そうで安心したわ。あんなに小さかったのに今では身長も伸びて、レーネお姉ちゃんに会いたいと言っているみたい……よ……」

そこまで読んだ私の手からは手紙が滑り落ち、はらはらと床の上を滑っていく。

本当に待ってほしい。

「……わ、私……弟がいるの……⁉」

まさかここに来て、今度こそ本当に血が繋がっていそうな弟が登場するとは思わなかった。

「ル、ルカーシュって誰……いや弟らしいけども……」

その上、実父が再婚して子供ができていた場合、更に兄妹が増えている可能性だってある。確かに私は兄妹に憧れていたけれど、そろそろお腹がいっぱいだ。

私を中心にした家系図はさぞ複雑だろうと思いながら手紙を箱へ戻し、クローゼットを閉める。

ソファへ移動した私は腰を下ろすと、思い切り体重を預けた。まだ雷に打たれたような衝撃が残っている。


——とは言え、血の繋がった弟は気になって仕方がないし、会って話してみたいとも思う。

何歳か分からないけれど、正直「お姉ちゃん」と呼ばれてみたい。まだ小学生くらいの年齢の可能性だってあると思うと、想像だけでかわいくて胸がときめく。

何より美少女であるレーネの弟なのだから、かなりの美少年に違いない。イマジナリー弟、超かわいい。


「………………」


けれど弟とこの先、会うことはない気がしていた。

実父だって母が亡くなっていることも、私がこの家にいることも知っているはず。それでも会いに来ず連絡もないということは、何か理由があるに違いない。

何よりこの家で辛い思いをしていたレーネが父方に行くこともなかったようだし、こちらからも関われない事情か何かがあったのではないだろうか。

あちらにも新しい生活があるだろうし、こちらから何かアクションを起こすつもりはない。

「うん、今はまずランク試験に集中だ！　あ、なんか動揺して俳句みたいの詠んじゃった……」

どこかで元気で暮らしていることを祈りながら、夕食までお得意の自作単語帳での勉強をしたのだった。

◇◇◇

「……ねえ、ユリウスは弟ってどう思う？」

「急にどうしたの？　別に興味ないけど」

夕食後、自室にて魔法付与の練習をした後、ユリウスとお茶をしていた私はそんなことを尋ねていた。

もしかするとユリウスも、私の弟については知らないのかもしれない。知っていたとしても黙っていそうだと思いながら、ティーカップに口をつける。

「これ、本当に美味しいよね。お蔭でよく眠れるし」

「喜んでくれたのなら良かった」

「うん。本当にありがとう！」

この快眠効果が期待できるというハーブティーは、近頃寝付きが悪い私にユリウスが用意してくれたものだ。

「ユリウスって、本当に優しいよね」

「好きな子には優しくしないと」

「うっ……」

不意打ちでそんなことを言われ、心臓が跳ねる。最近はぐいぐい来られるため、調子が狂うばかりだった。

「でもやっぱり魔力量の調節、苦手みたいだね。試験までは技術練習に力を入れた方がいいよ。とにかくこれればかりは慣れだから、俺と頑張ろっか」

「ユ、ユリウス様……！」

甘えてばかりで申し訳ない、私は何も返せていないと言えば「俺は下心があるから気にしないで」なんて言われてしまい、耐えきれなくなった私は両手で顔を覆う。

「それと、さっきの魔法付与を見てて思ったんだけど」

「うん」

「最近のレーネ、かなり魔力量が増えてる気がする」

「ゲホッ、ゴホッ」

動揺して咳き込んでしまい、ユリウスは眉を寄せた。

「大丈夫？　どうかした？」

「い、いえ……ほ、本当に全く何でもないので……」

「何でもないって人間の顔じゃないよ、それ」

もちろんユリウスは何も知らないものの「魔力量が増えた」と言われると、照れてしまう。

――アンナさんの手紙の通りであれば、ルート分岐前でも一番親しい相手の好感度が魔力量に比例するはず。

となると私の魔力量が増えた＝ユリウスからの好感度が上がったということになるのだ。恥ずかしくて落ち着かなくてくすぐったくなるのも、不可抗力だろう。

「レーネの魔力量、今はどれくらいなんだろうね。半年前は、入学できるか不安なレベルだったはずだけど」

魔力量の増加は、人それぞれだと聞いている。

生まれた時から一生同じ量の人もいれば、少しずつ増えていく人、ある日突然急激増える人など様々らしい。

「俺は自分でなんとなく分かるけど、レーネは全く分からないんだよね？」

「お恥ずかしながら、さっぱり」

人によっては、測定器を使わなくとも自身の魔力量がある程度分かるのだという。ただ魔力感知などがからっきしな私は、もちろん何も感じられずにいる。

学園ではランク試験の度に測定があるものの、その結果が知らされることはない。そのため、私は自身の魔力量については何も分からずにいたのだけれど。

「それじゃ、測定しにいく？」

「……というと？」

「金さえ払えば、学園外で測ってもらえるよ」

「えっ、そうなの⁉」

以前、指輪を見てくれた魔法省の魔道具に関する部署に勤める、ユリウスの先輩の先輩にお願いをすれば、なんと測定をしてもらい結果を知ることができるという。

「連絡入れておくよ。週末でいい？」

「い、いや……でも……」

もちろん他意はないものの、ユリウスの気持ちを推し量るようで、なんだか申し訳ない気持ちになる。

「自分の魔力量を知れば、使える魔法の幅も広がるし」

「な、なるほど……」

何より自身の魔力量を知ると、魔力の調節なども安定することがあるらしい。調節がド下手な私が今後ランクを上げていきたいなら、知っておいて損はないという。

「良いこと尽くめなのに、躊躇《ためら》ってる理由は？」

「その、私の魔力量はユリウスの好感度と比例するから、心の中を覗くみたいで嫌だなあって」

きっと信じないだろうと思い軽い調子でそう言ってみたところ、ユリウスは「なにそれ」と言って笑う。

「それが本当なら、すごくいいね。俺のレーネへの気持ちが本物だって証明できるし、週末が楽しみだな」

「……っ」

くいと指先で顎を持ち上げられた私は、そんな証明なんてもう必要ない、もう完敗だと逃げ出したくなった。

ユリウスは更に顔を近づけ、満足げな顔をする。

「その後は久々にデートしよっか。どこ行きたい？」

「……………どこでもいいです」

「あはは、自分で訳の分からないことを言い出したくせに照れてるんだ？　かわいいね」

「もう許してください」

「それに前と違って、兄妹なのにデートなんておかしいって言わなくなったのも嬉しかったな」

「ああああああ」

そうして週末、二人で出掛けることが決まり、私は落ち着かない日々を過ごすこととなる。

恋を知る

それからも必死に勉強と技術練習をしているうちに、あっという間に約束の週末を迎えた。

「レーネお嬢様、とても素敵ですよ。お隣を歩かれるユリウス様も鼻が高いと思います」

「ありがとう！　そうだといいな」

ユリウスと共に魔力測定に向かうため、私はメイド達に囲まれて身支度をしてもらっている。

みんなやけに気合を入れており、鏡に映る私は完璧な美少女貴族令嬢の姿になっていた。

普段は制服姿でいることが多い上に屋敷の中では過ごしやすさを優先しているため、こうして華やかなドレスを着ると未だに七五三気分になる。

「あ、そろそろ時間だ。行ってきます！」

「玄関ホールまでお見送りいたします」

同じ家で待ち合わせも何もないため、ひとまずユリウスの元へ向かおうとドアを開けると、部屋の目の前――廊下の壁に背を預けて立っているユリウスと目が合った。

「おはよ」

ふわりと微笑んだユリウスは銀糸の刺繍が施された深い紺色のジャケットを着こなし、少し伸びた銀髪を片方だけ耳にかけている。

毎日顔を見ているはずなのに、その圧倒的な美貌から目を逸らせなくなってしまう。

「お、おはよう……」

一言で言うと、とんでもなく格好良かった。

学園祭での正装とはまた違い、少しラフでありながらも眩しさは同等かそれ以上で、私の後に続いて部屋を出てきたメイド達も短い悲鳴を漏らしていた。

呆然とする私を見て小さく笑うと、ユリウスは身体を起こし、こちらへ来て私の手を取る。

「おめかししてくれたんだ、かわいいね。ありがとう」

「いやいや、ユリウスの眩しさが限界突破していて私の精一杯のおめかしが霞むんですが」

「そんなことないよ。俺はすごくドキドキしてる」

さらりとそう言うと、ユリウスは「行こうか」と言って歩き出す。

本当にどうして、そんな恥ずかしいセリフを簡単に言えてしまうのだろう。まだ学園祭のホストは続いているのかと、突っ込みたくなってしまう。

廊下を進んでいき、玄関ホールでユリウスは不意に足を止めた。何か忘れ物したのかと思っていると、急に腰を抱き寄せられ、ユリウスは壁へ視線を向ける。

「ねえ、見て。俺達お似合いじゃない？」

そこには大きな全身鏡があって、寄り添うようにして立つ私達の姿が映っていた。血の繋がっていない私達はもちろん似ていないせいで、兄妹にはとても見えない。

確かに美男美女が並ぶ姿はお似合いだし、恋人同士なんかにも見えなくはない。

ほら、なんて言いながらユリウスはさらに顔を近づけてくる。攻撃力が高すぎて、まだ出発すらしていないのに私は動悸息切れが止まらない。

「ユリウスって、どこでそういう技を覚えてくるの？」

「技ってなに？　思ったことを言ってるだけだよ」

そんな会話をしながら、馬車へと乗り込む。隣に並んで座ると、ユリウスは繋いだままの手を自身の膝の上に置き、もう一方の手でもぎゅっと包んだ。

どうやらこちらに休む隙を与える気はないようで、いい加減にしてほしいと逃げ出したくなる。

その際、きらりと光った手首へと私は視線を向けた。

「そのカフス、初めて見た。すごく綺麗だね」

「でしょ？　レーネが好きそうだと思って買ったんだ。今日の服装だって全部レーネのことを考えながら、色々と悩んで時間をかけて支度したし」

「こ、こわ……」

「今の流れでそんな感想ある？」

ときめきなんかを超えて、私は恐怖を感じていた。

このハイスペックさと完璧な容姿で健気さまで持ち合わせていては、もう死角がない。

「一時間くらいで着くから、眠っててもいいよ。昨日も遅くまで勉強してたみたいだし」

「ううん、大丈夫だよ。ありがとう」

それでいてどこまでも優しくて、ユリウスの「俺、本気出すから」という先日の言葉が脳裏を過ぎる。

これまでもユリウスは私に優しかったけれど、最近はなんというか、度を越えている気がしてならない。

本気で落としにきているのが伝わってくる。私は咳払いや深呼吸をして、心を落ち着けた。

「でも、ほんと頑張るね。今回の目標がDランクのままでいいなら余裕じゃない？」

「油断大敵とは言え、学園祭での加点もあるしDランクはいけると思うんだけど……」

問題は、二年春のCランクだ。

この学園は相対評価のため、この辺りからかなり厳しくなると聞いている。

「でもランク試験は前回の結果も関係してるらしいし、少しでも稼がないとなって」

「ああ、そんな噂もあったたね」

細かいことははっきり明らかにされていないものの、どうやら前回のランクなんかも関係しているという。

全ての項目が満点だったとしても、いきなりFランクからSランクにはなれないんだとか。

やはり積み重ねが大事なのだろう。今の頑張りが後に無駄になることは絶対ないし、後から少しでも後悔しないよう、できることは全てやっておきたい。

そう伝えれば、ユリウスは感心した声を出した。

「レーネって偉いよね。その年で普通、そこまで考えられないと思うよ」

「こう見えて私は大人の女だから」

「あはは、ずいぶんピュアな大人の女だね」

「くっ……」

顔を近づけてきて赤面する私を笑うユリウスは、自分の顔が武器だとよく分かっているらしい。

──それに私は一度失敗して後悔しているから、そう思えるようになった。今日という日は今日しかないという言葉の意味も、今はよく分かる。

今生きているこの瞬間が、後々どれほど後悔しても二度と戻らないものだということを知っているからだ。

「…………」

なんだか私らしくなく真面目なことを考えてしまったと思っていると、じっとこちらを見ていたらしいユリウスは「でも」と口を開いた。

「本当にレーネって時々大人びた顔をするよね。ずっと遠くを見てるような」

「そうなの？」

「うん。ま、今日はちゃんと俺だけを見てて」

そうして顔を掴まれ、ユリウスの方を向かされる。

アイスブルーの瞳に映る私は、大人びているなんて口が裂けても言えないほど余裕のない顔をしていた。潰れたタコのようで、恐ろしく不細工だ。

「あはは、かわいい」

「うほふひ！」

「本当だよ。レーネが世界で一番かわいい」

「こ、こわひ……」

「だからその反応なんなの？　酷くない？」

そんなこんなで、ユリウスと私の休日は幕を開けた。

◇◇◇

やけにお洒落でお高そうなカフェにやってきた私達は個室に通され、そこには既に魔法省に勤めるユリウスの先輩の先輩の姿があった。

「お久しぶりですね、レーネさん」

「はい！　今日はよろしくお願いします」

夏休みぶりだけれど相変わらず物腰が柔らかく、つられて笑顔になってしまうような人だ。

言わずもがなイケメンである。

「早速ですが、こちらの水晶に手を翳《かざ》して魔力を流し込んでいただくだけで測定は完了します」

「分かりました」

頑丈そうなスーツケースから取り出したのは、学園のランク試験で使っているものと全く同じ水晶だった。

どうやら彼の勤める魔道具の部署が開発したものを、学園も使っているらしい。

つまりこの結果はランク試験での結果そのものだと思うと、なんだかドキドキしてくる。

「あまり緊張しなくても大丈夫だよ。レーネが割ったら俺が弁償してあげるから」

「怖いこと言わないでくれる？」

この水晶が一体いくらなのか、想像するだけでお腹が痛くなる。慎重に扱わなければ。

「なんだかお二人の間の空気感、変わりましたね」

すると私達の様子を見ていた先輩の先輩が、少し驚いたような顔をした。

確かに夏休みの半ばというと出会って三ヶ月くらいの頃だし、今よりまだ距離があったのかもしれない。

「俺達、結婚することになりまして」

「そうでしたか。おめでとうございます」

「…………」

もう突っ込むのはよそうと無視をして、私は透き通る水晶と向き直る。そうして試験の時と同じく魔力を流し込めば、水晶はぱあっと明るく光った。

春の試験の時よりも、光が強くなっている気がする。

「ど、どうでしょうか……?」

「……なるほど」

先輩の先輩は水晶に触れた後そう呟き、顔を上げた。

「この魔道具は魔力量を0から100の数値で判定します。我が国の筆頭魔法使いであるエリク様で98です」

テレーゼのお兄さんのトラヴィス様のように、超エリート魔法使いを集めた国専属の魔法師団が存在する。

その組織のトップであるエリク様という方は、それはもうすごい方なのだと授業で教わった記憶があった。

「ユリウス様の話や、ランクも考慮するとレーネさんの入学当初の魔力量は1程度だったかと」

「いち」

むしろよく入学できたと、逆に褒めてあげたくなる。

けれど私が転生した直後のスッカスカのしょぼい魔法を思い出すと、全然あり得た。

「そして今の数値は──29です」

「……えっ?」

信じられない数値に、間の抜けた声が口から漏れる。

聞き間違いかと思ったものの、どうやら事実らしい。

この国のトップの魔法使いで98なのだから、この数値が低くないということは私にも分かる。

ハートフル学園内で言えば、普通よりも高い方である気すらした。

何よりそれがユリウスの好意の大きさだと思うと、改めて好かれていることを実感してしまう。

――むしろ数値を見る限り、ユリウスはかなり私を好きになってくれている気がしてならない。

「……っ」

もちろん、嬉しかった。

そしてそれは魔力量が増えたことに対してではないことも、分かっていた。

「へえ、すごいね。流石に驚いたよ」

一方、隣で水晶を覗き込んでいたユリウスもやはり驚いたようで、感心した様子を見せている。

「短期間でこんなにも魔力量が跳ね上がるケースは滅多にないので、興味深いです。もしかするとレーネさんはすごい魔法使いになるかもしれませんね」

「そ、それはどうでしょう……」

この先、私の魔力量がさらに増えるとすれば、ユリウスが今よりも私のことを好きになってくれた時だろう。

逆に嫌われた場合、減ってしまうこともあり得る。

もちろん誰かの好意を利用するなんて嫌だし、この先増えることを期待するつもりもない。他の面でも努力を続けてランクを上げていくつもりでいる、けれど。

ふと、このゲーム――『マイラブリン』――何度思い出しても略称がダサすぎる――の攻略対象の好感度や他ステータスがＭＡＸ状態のヒロインの能力がどの程度なのか、気になった。

ファンタジー世界のヒロインというのは、ヒーロー顔負けの能力を持つことも珍しくない。

けれど『マイラブリン』は最終的に世界を救うなんて壮大なストーリーではないし、ただ高ランクになって攻略対象と結ばれてハッピー程度の話のはず。

アンナさんからまだ詳しい話を聞いていないけれど、このクソゲーに壮大なラストやイベントが待っているはずがない、という確信があった。間違いなく浅い。

「あ、俺もついでに測ってもらおうかな」

そんな中、先輩の先輩の同意を得たユリウスもまた、水晶に手をかざす。

すると水晶は驚くほど眩く光り、思わず目を細める。

「……本当にユリウス様は規格外ですね。それもまだ成長過程なんですから、末恐ろしいです」

「あ、また上がったんだ？」

ユリウスは再びソファの背に体重を預けると、軽い調子で長い脚を組み直す。

私はそんな姿を眺めながら、目の前に置かれていたグラスを何気なく口元へと運ぶ。

「はい。今回の数値は91です」

その言葉を聞いた瞬間、私は口に含んだばかりのレモン水を思い切り吹き出していた。

吹き出した私にユリウスは「かけるなら俺にしてよ」と訳の分からないことを言いながら、すぐに取り出したハンカチで口元を拭いてくれる。

私はお礼を言うのも忘れ、驚きを隠せずにいた。

「いや、いやいやいやいや」

「どうかした？」

「91って何？」

「俺の魔力量だけど」

大したことのないようにユリウスはそう言ってのけ、店員に新しい私の飲み物を頼んでくれる。

この国で一番の魔法使いで98なのだから、91がどれほど規格外なのかということは私にも分かった。その上まだ成長中だなんて、恐ろしすぎる。

ユリウスがすごいというのは分かっていたものの、ここまでチートな存在だとは思っていなかった。学園内どころか、国レベルの魔法使いではないだろうか。

「その実力や才能から、既に魔法師団や騎士団にもスカウトされているんですよ」

「ええ……」

先輩の先輩も苦笑いをしており、やはりユリウスは学園では収まらないほどの有名人らしい。

「俺、結構すごいんだよね。好きになった？」

「好きと言うより、怖くなりまして……」

「出た、それ」

こんな人が私を好きだなんて事実が、一番怖い。誰だって芸能人のような雲の上の人が平々凡々な自分を好きだと知ったら、怖いと感じるに違いない。

「ま、俺のことはもういいよ。レーネのこの魔力なら、どの程度のことができますか？」

「この数値だと、複数属性を組み合わせた魔法も使えますよ。魔法付与に関しても中級までなら余裕かと。もちろん技術面のスキルも必要になってきますが」

「えっ？　本当ですか？」

そもそも過去、ひとつの魔法の威力すら超絶しょぼかった私は無理だと思って、複数の属性を組み合わせる魔法などチャレンジすらしていなかった。

「はい。今のレーネさんなら、必ず」

笑顔で深く頷いてくれた先輩の先輩に、胸が高鳴る。

やはり、これまでできなかったことができるようになるというのは、いつになってもワクワクしてしまう。

「ありがとうございます！　私、頑張ります！」

「陰ながら応援していますね」

それからもアドバイスを受け、私は何度もお礼を言うと、先輩の先輩と別れカフェを後にした。


いつの間にかごく自然に手を繋がれており、二人で久しぶりの王都の街中を歩いていく。

「ユリウス、ありがとう。色々知れたことで、これからはもっともっと頑張れる気がする！」

「それはよかった。ランク試験の自信にもなったね」

「うん！　まさかこんなに上がってたなんて……」

「俺の愛、伝わった？」

「そ、それはもう……お蔭様で……」

「あはは」

ユリウスは冗談だと思っているだろうけど、こちらとしては事実のため、変な汗が出てくる。

相変わらずユリウスは道行く人々の視線を男女共にかっさらっており、小さな女の子なんて見惚れた末に手に持っていたキャンディを落としてしまっていた。

その罪深さに恐ろしくなりつつ、私は帰ったらまた勉強を頑張ろうと気合を入れ直す。

「それにしてもユリウス、すごかったね」

「そうみたいだね」

「どんなことだってできそうだし、どんなものにもなれそうだもん。ユリウスは将来、何になりたいの？」

そして何気なくそう尋ねればユリウスは歩みを止め、何故か無言になった。口元には一応笑みが浮かんでいるものの、何かまずいことを聞いてしまったかと、不安になる。

「…………」

「ユリウス？」

「ああ、ごめん」

やがて少し困ったような表情をしたユリウスは、小さく肩をすくめてみせた。

「目的を達成した後はどうしようかなんて、一切考えてなかったなって思ってさ」

「……そうなんだ」

やはりそれも、以前言っていた「復讐」に関することなのだろうか。

気になるものの聞いてはいけない気がして口を閉ざしていると、それが顔に出てしまっていたのかユリウスはくすりと笑った。

「気になるって顔してる。レーネが俺のこと、気にしてくれるのは嬉しいな」

「気にならない方がおかしいよ」

「レーネが俺のこと、好きになってくれたら教えるよ」

ユリウスはそう言っていつも通りの笑顔を向けると、再び私の手を引き、歩き出した。

◇◇◇

その後も「デート」として買い物をしたり、小さなお祭りの出店を見て回ったりと、とても楽しく過ごした。

ユリウスの細やかな気遣いや話術により、私はずっと笑っていたように思う。ランク試験への緊張なんかもふっ飛ぶくらい、本当に楽しかった。

そして今は、思わず背筋が伸びるような高級なお店にて昼食をとっている。

間違いなく学生がふらりと入るような場所ではないものの、ユリウスは慣れた様子で、本当に十七歳なのかと突っ込みたくなった。

「な、何もかも美味しすぎて永遠に食べられそう……」

「この店のメニュー、全部頼もうか？」

「本当にやりそうだからやめて」

ほっぺたが落ちそうになりながら、見た目も華やかでキラキラした料理をいただいていく。

いつも思うけれど、ユリウスはすべての所作も恐ろしく綺麗だ。貴族はみんな幼い頃から学んでいるようでみんな綺麗だけれど、その中でも特別な気がする。

「ユリウスって、かっこ悪い瞬間とかないの？　棚の角に小指をぶつけて苦しんだりしない？」

「あはは、なにそれ。俺としてはもっとかっこいい所を見せたいんだけどな。……あ、そうだ」

ユリウスは何かを思い出したように、顔を上げる。

「冬休み時期に公爵家主催の狩猟大会があるんだ。今までは面倒で断ってたけど、レーネのために出ようかな」

「狩猟大会？」

「うん。ベルマン山で」

なぜわざわざ寒い冬に山の中で……と思ったものの、冬には雪兎や氷狼といった美しい見た目の魔物が多く現れるんだとか。それらの毛皮なども貴重で高価らしい。

男性達は女性達に狩ってきた自身の獲物を捧げ、一番珍しい獲物、大きな獲物、たくさんの獲物を捧げられた女性がその年の「雪の女王」となるんだとか。

男女共に人気のイベントらしく、毎年多くの人が参加するという。

確かに自分のために男性が戦い、その獲物を捧げられるというのは、ときめくのかもしれない。

「去年はヨシダくんも騎士団長のお父様と出てたはず」

「さすが吉田……ハッ、まさか吉田も女性に獲物を……!?　ジェラシーなんですけど」

「必ずそうする必要はないし、家族に捧げる人もいるからね。ヨシダくんは後者な気がするな」

「あ、確かに」

「俺には嫉妬してくれないのに、ヨシダくんに嫉妬するのはなんなの？　おかしいよね？」

頬をつねられ、スミマセンと必死に言葉を紡ぐ。

吉田には癖の強い美女と美少女のお姉さんがいるし、二人に捧げていそうだ。

「男の人達が狩りをしている間、女の人達はどこで何をして過ごすの？　外で待機？」

「まさか。離れた温かい場所でお茶とお菓子を囲んで、のんびりお喋りして過ごすらしいよ」

「わあ、えらい差」

この世界では割と普通のことらしいけれど、驚いてしまう。

ユリウスが雪の中で危険を伴う狩りをしているというのに、私だけぬくぬくとお喋りをしているというのも、なんだか落ち着かなさそうだ。

「あと、少しだけど女性も参加するよ。ミレーヌも去年は大物を仕留めたって聞いたな」

「さ、流石ミレーヌ様……痺れる憧れる……！」

学園祭でも大変お世話になった超絶美女であるSランク公爵令嬢ミレーヌ様は、やはり流石だ。

狩猟服姿もさぞ美しいのだろうと、想像するだけで笑顔になった。

「学生も参加できるものなんだね」

「うん。主催のシアースミス家は筆頭公爵家だし、色々とアピールしたい学生は多いと思うよ。公爵家の騎士団なんかもエリートコースだし」

「なるほど、みんな頑張り屋だ」

同世代の学生が将来のために頑張っていると聞くと、私も将来を見据えていかなければという気持ちになる。

前世のようにお金に釣られてブラック会社に就職し、何の興味もない誰にでもできるような作業を朝から深夜まで延々とするようなことだけは、絶対に避けたい。

思い出しただけでも涙が出そうだ。

「私もいつか参加できるくらい、強くなりたいな」

「なに？　レーネも出たいの？」

「かっこいいなと思っただけで、今の私にはその辺で雪玉を作るくらいしかできないし」

「兎一匹くらいなら狩れると思うよ。一緒に出る？」

なんと狩猟大会は個人とグループで分かれており、後者は四人一組だという。

グループの方は個人と比べてお遊び感が強いようで、私が出ても何の問題もないらしい。

「少しでもレーネに出たい気持ちがあるのなら、一緒に出ようよ。いい思い出になりそうだし」

「私、絶対に超足手まといだよ？　本当にいいの？」

「俺はレーネと出れるだけでいいから」

「うっ……」

ユリウスはそう言って、綺麗に口角を上げてみせる。

そんな風に言われて嬉しくないはずなんてないし、断れるはずがない。ユリウスの口から「思い出」という言葉が出たことに対しても、内心嬉しく感じていた。

何より私自身、ユリウスと様々な場所に行って色々なことに挑戦して楽しんで、たくさんの思い出を作りたいと思っている。こくりと頷いて、私は顔を上げた。

「ありがとう、不束者《ふつつかもの》ですがよろしくお願いします！」

「ランク試験が終わったら、狩り用の魔法の練習をしよっか。レーネ、弓は扱えるんだっけ」

「あ、普通に魔法を使うよりは正確かもしれない」

私は前世で少しアーチェリーをかじっており、体育祭でも土壇場で出場し、なんとか優勝した過去がある。

命中率の低いへっぽこ魔法より、的中率が高そうだ。

「この先レーネの強みになるかもしれないし、弓の魔道具も用意しておこうか。二年からは魔物との戦闘実習もあるし、三年の卒業試験ではメインになるから」

「な、なんですって……!?」

どうやら私の命運がかかった三年の卒業試験では、自ら対戦相手の魔物のランクを選び、倒せるかどうかという戦闘シミュレーションが技術試験にあたるらしい。

Sランクを目指す私としては、できる限り強い魔物を倒せるようになっておかなければならない。まだまだやるべきことは尽きないようで、逆に燃えてくる。

「マイ武器、すごく欲しい！」

「俺も剣を新調したかったし、この後にでも見に行こうか」

食事を終えた後は魔道具店に行くことになり、ファンタジー感があってワクワクしてくる。この世界にはまだまだ私の知らないことや初めてがあって、胸が弾む。

さりげなくユリウスは剣と言っていたけれど、間違いなく剣を振るう姿はかっこいいだろうと、また恐ろしくなった。底が見えなすぎる。

「グループで出るならあと二人一緒に参加するメンバーが必要になるけど、どうしようか」

「吉田とミレーヌ様、誘ったら参加してくれるかな？」

「ミレーヌは毎年付き合いで嫌々参加してるから、喜んで誘いに乗ると思うな。ヨシダくんは真剣に個人で出てる可能性もあるし、聞いてみるのが良さそうだね」

「うん、そうする！」

吉田は学園内外問わず私のお世話係と監視係をし続けているため、そろそろ断られてもおかしくはない。

パーフェクト学園行きも、必死に縋り付いて同行してもらったのだ。今回断られた場合は、大人しく諦めようと決め、週明け二人を誘ってみることにした。

帰宅後、ユリウスは部屋の前まで送ってくれ、私は深く頭を下げてお礼を告げた。

「ユリウス、今日は本当にありがとう！　すごく楽しかったし、色々と助かりました」

「どういたしまして、俺も楽しかったよ。後で早速魔法付与の練習もしよっか」

とことん優しいユリウスに最後の最後まで恐ろしさを感じながら自室へ入り、私の後に続いてメイド達が買ってきた荷物を運んできてくれる。

結局ユリウスは魔道具店に行った後、私のドレスやアクセサリーも大量に購入してくれたのだ。

ちなみに魔道具の弓はユリウスの勧めで、既製品ではなく私の体型や魔法属性に合わせ、オーダーメイドのものを作ってもらうことにした。

ユリウスが注文しているのを側で見ていたけれど、魔法付与された宝石などオプションを山盛りにしており、最終的な金額を見た瞬間、腰を抜かしそうになった。

前世の私の年収の数年分で必死に止めたものの、高額な剣の代金と共にさっと払ってしまった。

『だ、代金は一生かけて返します……』

『代金なんていらないから、一生の方をちょうだい』

ユリウスはそんなことを笑って言い、その後も色々と爆買いしていたのだから恐ろしい。

どうやってそんなにもお金を稼いでいるのかと尋ねたところ、仲間と投資や事業をしたり、割の良い仕事をしているという答えが返ってきた。

仲間というのは学園外の人らしく、悪影響を及ぼすため私には絶対に会わせたくないという。

「私、やっぱりユリウスのこと全然知らないのかも」

ぽつりと一人になった部屋で、そう呟く。家族のことも過去の事情も、仕事も何もかも。

そしてそれがとても寂しく、もどかしく感じてしまうことにも気付いていた。

「……本当、怖いなあ」

どんどん自分の中でユリウスの存在が大きくなっていくのを感じながら、私は煩悩を捨てようと着替えもそこそこにして、机に向かった。

◇◇◇

週明けの放課後、私はいつものように図書室の自習スペースにてテレーゼとヴィリー、吉田と共に仲良く勉強をしていた。

ランク試験まで残り二週間を切り、自習スペースもかなり賑わっている。やはり相対評価のカースト制度なんてふざけたものがあるため、みんな必死なのだろう。

特にFランクの生徒はもう後がない。

私としてもやはり他人事ではなく、背筋が伸びる思いがした。

「えーと……ニュシア草とリママヤ……ん？　リマムアルーヤの花の実を……」

前回、筆記試験のせいでランクが下がったヴィリーも珍しく少しは焦りを覚えているようで、うんうんと唸りながら真面目に机に向かっている。

「その辺りの薬草は名前が似ていて、ひっかけ問題が出るって兄が言っていたわ」

「まじかよ……こんなの覚えて何の役に立つんだ？」

「魔法薬学の授業で私が被害を被らなくなる」

「さ、勉強頑張っちゃおうかなー」

調子の良いヴィリーの横で、私の向かいに座る吉田は黙々と問題を解いている。

じっとその姿を見つめていると、私の視線に気が付いたようで「何だ」と口を開いた。

「実は私、吉田くんに話があって……」

「嫌な予感しかしないな」

失礼な吉田はペンを握る手を止め、顔を上げる。

「ユリウスと狩猟大会に出ようと思うんだけど、吉田も一緒にグループ参加はどうかなって」

「ああ、いいぞ」

「そうだよね、やっぱりダメ——ええっ⁉」

想像の一億倍あっさりとOKされ、戸惑ってしまう。

驚く私の前で、吉田はくいと眼鏡を押し上げた。

「本当にいいの？　お父様と一緒に出なくて大丈夫？」

「俺は結局、父達の足手まといでしかなかったからな。俺に気を遣って共に行動してくれていたが、友人と参加すると言えば父も安心して存分に腕を振るえるだろう」

なるほどと吉田の事情を理解しつつ、当然のように友人と言われたことで、つい口元が緩んだ。

とにかく吉田も一緒に参加できるようで、胸が弾む。ミレーヌ様はユリウスが声を掛けてくれる手筈になっているため、後で結果を聞くのがドキドキだ。

「へー、いいな！　俺もいつか出たいと思ってたし、毎年参加してる兄ちゃんに聞いてみるかな」

「私も予定が合えば見に行きたいわ」

ヴィリーとテレーゼも興味があるようで、みんなも一緒ならもっと楽しみになりそうだと、笑みがこぼれた。

「吉田って、マイソードはあるの？」

「何だその呼び方は、もちろんあるが」

「うわあ、楽しみ」

ユリウスだけでなく、剣を使って戦う吉田の姿を見られるのも楽しみで仕方ない。

前回スパルタで辛かったけれど、機会があればぜひまた剣術も教えてもらいたい。

「よし、まずはランク試験を倒さないと！」

「うわっ……ワクワクしてた気持ち秒で吹っ飛んだわ」

がっくりと肩を落とすヴィリーを励ましつつ、私は再び元気に教科書を開いたのだった。

ランク試験（一年冬）

この世界に来て初めて雪が降った朝、私はローザに高い位置で髪をひとつに結んでもらい、気合を入れた。

実は髪を結んでいるリボンには「必勝！」と手縫いで書いてあり、ハチマキ代わりにしている。

「いよいよランク試験ですね。頑張ってください」

「ありがとう、全力で頑張ってくるね！」

お礼を言って食堂へと向かうと、そこには既に両親とユリウス、ジェニーの姿があった。

ジェニーはウェーブがかった金髪を私同様ひとつに結んでおり、私の姿を見た瞬間、形の良い眉を寄せる。

「ジェニーと今日、髪型お揃いだね」

「は？　気のせいじゃないですか」

そう言うなりジェニーは一瞬にして髪を結んでいたリボンを解き、長い髪を背中に流した。あまりにも酷い。妙な清々しさを感じながら、私も席に着く。

「今日はランク試験だろう、三人とも頑張りなさい」

「頑張ります」

「はい」

父の言葉に対し私とジェニーは返事をしたものの、ユリウスは無言で飄々《ひょうひょう》とした様子だった。

「ユリウス、聞いているのか」

「俺が今回Sランクじゃなければ、勘当してくれて構いませんよ」

ユリウスはコーヒーの入ったカップ片手に余裕の笑みを浮かべ、そう言ってのける。父もそれ以上は何も言えないようで「そうか」とだけ呟いた。

——前回の試験の結果のせいで、ユリウスが酷く叱られたと知ったのはいつだっただろうか。

全て私とジェニーのせいで胸が痛んだものの、謝ってもユリウスは困るだけだと思い、謝罪の言葉を呑み込んで「いつもありがとう」とだけ伝えた。

するとユリウスはいきなりどうしたの？　なんて言って笑い、頭を撫でてくれた覚えがある。

「レーネも最近頑張っているな。期待しているぞ」

「えっ？　あっ、ハイ……」

父にそんな風に声を掛けられたのは初めてで、驚き動揺してしまう。それは私だけでなく母やジェニーも同じだったようで、二人も目を見開いていた。

てっきり私なんてどうでもよく、ジェニーだけを可愛がっていると思っていたけれど、父が可愛いのは「魔法に長けた娘」なのかもしれない。

魔法至上主義とは聞いていたけれど、ここまで分かりやすいとは思っていなかった。とは言え、ウェインライト家の闇の九割は間違いなく父のせいなのだし、当然な気もする。諸悪の根源だ。

なんだか嫌な空気の中で朝食を終えた後、戻って支度をして部屋を出ると、ユリウスが待ってくれていた。

高そうなコートだけでなく今日はマフラーもしており、防寒対策はばっちりらしい。それにしてもどんなものでも似合うなと、感心してしまった。

口元が隠れているマフラー姿は正直、あざと可愛い。

「朝から散々だったね。行こっか」

「本当にね」

顔を見合わせて苦笑いしつつ、馬車へ向かう。玄関を出た瞬間、冷たい風が頬を撫でていく。

はらはらと雪が少しだけ降っていて、少しだけテンションが上がってしまう。積もった後は子供の頃できなかった雪合戦なんかも、ヴィリー達を誘ってしてみたい。

「……さむ」

「そんなに？　大丈夫？」

一方、ユリウスは小さく頷くと、私にくっついた。

繋がれた手はコートのポケットの中に入れられ、温かい。

「俺、寒さに弱いんだよね。あったためて」

「だからそんなに厚着なんだ」

「そ」

ユリウスにも苦手なものがあったようで、申し訳ないけれど嬉しくなって笑ったら、怒られた。

「レーネはあったかいね。子供みたい」

「それ、褒めてる？」

「もちろん」

馬車の中は暖房代わりの魔道具のお蔭で外よりも暖かいけれど、ユリウスはぴったりと隣に座っている。

時折小さくふるっと震えていて、どうやら本当に寒さに弱いらしい。少しでも温かくなるようにぎゅっと手を握り返せば、ユリウスが小さく笑った気がした。

「……ふう」

やれることは全てやってきたつもりだけれど、当日はどうしても緊張してしまう。何度か深呼吸を繰り返していると、ユリウスが口を開いた。

「Dランクくらい大丈夫だよ、学園祭の加点もあるし」

「人間というのは大変欲深いもので、もしかするとCランクもギリギリいけるかなって夢を見てしまい……余計に緊張しております……」

「いい緊張感だね。俺はいけると思うけどな」

やはり頑張った分、期待してしまうのも事実で。私はありがとうとお礼を言うと、過去効果があった試しはないものの、手のひらに「人」と三回書いて飲み込んだ。

「ま、良い結果で終わらせて狩猟大会に備えようか」

「そうだね！　冬休みも楽しみがたくさんだし、明るい嬉しい気持ちで迎えたいな」

そう、もうすぐ冬休みがやってくるのだ。夏休み同様ユリウスや友人達と、楽しく過ごしたいと思っている。

ちなみにミレーヌ様も狩猟大会へのグループ参加を快諾してくれ、より楽しみになっている。

なんと私に、使っていない狩猟服もくださるらしい。防寒のための魔法がかかっているものは薄着でも暖かいけれど、貴重な上にお値段もとんでもないんだとか。

ミレーヌ様は超絶スタイル抜群のため、色々と控えめなこの体型で大丈夫かという不安が多少はあるけれど、とても嬉しい。やはりお姉様と呼ばせていただきたい。

窓の外へ視線を向けると学園が近づいて来ており、私は慌ててポケットからとあるアイテムを取り出した。

少しだけ緊張しながら、ユリウスに差し出す。

「こちらつまらないものですが、良かったらどうぞ」

「……これは？」

「お守りなんだ。見栄えはそんなに良くないけど、手作りだから気持ちはこもってます」

このピンク色のお守りは勉強の合間、ちくちくと夜なべして作った。日本でよく見る形のお守りにしたため、ユリウスからすると見慣れないかもしれない。

先日のデートや日頃のお礼をしたいと悩みに悩んだ結果、お守りを作ってみたのだ。

私が買えるユリウスが欲しいもの、というのは思い付かず、とにかく気持ちを込めることをメインにした。

「しかもなんと、私とお揃いでして」

照れながらも「じゃーん」と、自分の分の水色のお守りを取り出してみせる。するとユリウスのアイスブルーの目が、少しだけ見開かれた。

最初は私がピンクでユリウスが水色のつもりで布を用意したけれど、作っているうちにやっぱり私達はこっちの方がしっくりくると考え直した。

何より、ユリウスはこっちの方が喜んでくれるという確信があった。

ユリウスは差し出したお守りを手に取ると、大切そうに指先でそっと撫でる。

「ありがとう、レーネ。すごく嬉しい」

「本当？　良かった！」

「多分レーネが想像してるよりずっと喜んでるよ、俺」

子供みたいな眩しい笑顔に、小さく心臓が跳ねた。ユリウスへの恩返しとしてはまだまだ足りないものの喜んでもらえたようで、つられて笑みがこぼれる。

「大事にするね。俺も絶対にSランクに戻ってくる」

ユリウスはお守りを唇に軽くあててみせるものだから、つい動揺し笑われてしまった。

◇◇◇

五時間後、全ての筆記試験を終えた昼休み、私とヴィリーは二人仲良く頭を抱えていた。

「やべえ、全然分からなくて半分も埋められなかったわ。しかもその半分勘だったし」

「私も魔法史やばい気がしてる……あああ……」

頑張らなければ結果は出ないものの、頑張ったからと言って、必ず結果が出るわけではないのが世の常。

三時限目までは何とか耐えたけれど、四時現目の魔法史はかなり危険な気がしてならない。

そもそもこの世界のことすら分かっていないと言うのに、その歴史なんて私にはまだ早すぎる。

とは言え、Sランクになるためにはいずれ満点近く取らなければならないのだ。テストが返ってきたら復習を頑張ろうと決めて、気持ちを切り替える。

そうして元気にサンドイッチを食べ始めると、ヴィリーに「お前の切り替えの速さすごいな」と褒められた。

「レーネちゃん、頑張ってたから大丈夫だよ。あ、このデザート好きだったよね？　あげる」

「ありがとう！　ラインハルトは手応えどうだった？」

「僕はまあまあかな。とりあえずCランクをキープしたいなとは思ってるけど」

「ラインハルトこそ頑張ってたし、Bもいけるよ！」

膨大な魔力量を持つラインハルトは、それだけでかなりのアドバンテージがある。その上、努力もかなり重ねているため、誰よりも伸び代があるだろう。

とは言え、ラインハルトも自身の魔力量の数値は分からないようで、今度調べてみたいそうだ。

そんな中、ヴィリーが「セオドアもすげーんだよな、魔力量」と王子へ視線を向けた。確かにすごそうだ。

「セオドア様は魔力量の数値、ご存じですか？」

「87」

「えっ、すごいですね！」

「………………」

元々王族は魔力量が潤沢らしく、その中でも王子はトップクラスだという。周りのレベルが桁違いすぎて、普通が何なのか分からなくなりそうだ。

ちなみに最近、王子と吉田はよく一般の食堂で昼食をとっていた。私達と一緒に食べるためなのかな、なんて私は勝手に都合の良い解釈をしている。

「吉田はどうだった？　筆記試験」

「まあ、それなりだ。お前はとにかく試験が終わって家に帰るまで、気を抜くなよ。そこまでがランク試験だ」

「はい！　気を付けます！」

前回のランク試験では誘拐され閉じ込められるというとんでもない事件があったため、今回はヴィリーとテレーゼにぴったりとくっついて常に行動している。

とは言え、ジェニーも前回ユリウスにしわ寄せがいってしまったことで、もうあんな行動には出ないはず。

「次は技術試験だし、そろそろ行きましょうか」

「そうだね」

私は気合を入れるため、みんなと元気にハイタッチをしてから食堂を後にすることにした。

「この後も頑張ろうね！　はい吉田！　タッチ！」

「……一体、何の意味があるんだ」

嫌々手を出す吉田、笑顔のラインハルトの後、王子は既に手を出して待っていてくれて、大変かわいかった。

◇◇◇

その後、無事に技術試験と魔力測定を終えた私は、緊張しながら教室で発表の時を待っていた。

胸元のブローチを隠すように手で覆いつつ、周りの様子を窺う。

「ゲホッ、ゴホッ……やばい今ので心臓吐いたかも」

「怖すぎだろ」

「やっぱりこの瞬間は緊張するわよね」

「そうか？　俺はもう開き直ってる」

何においても秀でているテレーゼですら、多少は緊張するらしい。一方、ヴィリーはもうダメだと諦めたのか椅子に思い切り背を預け、呑気に欠伸までしていた。

「神様仏様……どうか間違ってCランクに……」

——学園祭も、みんな頑張ってくれた。

私だって、これ以上ないくらい頑張った。やはり結果は欲しい。

「やったわ！　二つも上がった！」

「どうしよう、Eランクまで落ちた……」

やがて教室のあちこちで声が上がり始め、それぞれのブローチの色が変わったのだろう。

「おっ！　結果出始めたみたいだな」

「や、やっぱりヴィリー、代わりに見て！」

「またかよ、って俺は青じゃん！　あぶねー、耐えた」

Cランクをキープしたらしいヴィリーに向き直ると、私は固く目を閉じ、恐る恐るブローチから手を避けた。

「……あー、その、なんだ。悪くはないと思うぞ！」

ヴィリーの戸惑い気遣うような声が耳に届いた瞬間、だめだったのだとすぐに悟った。

心臓が嫌な大きな音を立て、早鐘を打っていく。

目を開けて胸元へ視線を向ければ、これまでと変わらない見慣れた緑色が輝いていた。

「……っ」

けれど、これは当然の結果なのかもしれない。魔力量は増えたものの、技術試験も最低限のレベルだった。

筆記試験だってこの世界に来てまだ半年の私は、基礎だって完璧ではないし、大体がテストのための知識として必死に押し込んだだけの付け焼き刃にすぎない。

きっと、今までが上手く行き過ぎていただけ。

「レーネ……」

金色のブローチが胸元で輝くテレーゼに心配げに名前を呼ばれ、はっとする。

何か言わなきゃと思っても、喉が締められているように声が出てこない。

「ま、次があるって！　春はCランク目指そうぜ！」

「ええ。絶対に惜しかったもの」

「――ありがとう、そうだね！　いやー、悔しいなあ」

慌てて右手を頭にあてて「へへ」といつも通りの笑みを浮かべれば、二人ともほっとした表情になった。

大切な友人達に心配をかけたり気を遣わせたりしたくなくて、じくじくと痛む胸の痛みや、熱くなっていく目頭には気づかないふりをする。

「……あまりこういう話をするのは良くないが、本当に次のランクまであと一人、二人の世界だったぞ。成績は間違いなくCランク平均に到達していた」

そんな私の側を通りがかった教師が「次も頑張れよ」と声をかけてくれた。前回は逆に、ギリギリのところでDランクの枠に滑り込んでいたのだという。

以前は落ちこぼれだったレーネに厳しかったものの、最近ではこうして気にかけてくれるようになっている。

「今回の試験に向けて、みんな頑張っていたものね」

「うん。すごく頑張ってた」

この学園は相対評価のため、各ランクの人数が決まっているのだ。いくら個人の成績が良くなっても自分より上がいれば、ランクが上がることはない。

頑張っているのは私だけではないし、誰もが勝ち抜いていくために努力を重ねていた。

「あ、レーネちゃん！　お疲れさ、ま……」

いつの間にかラインハルトがやってきていて、彼は私のブローチを見るなり今にも泣き出しそうな顔をした。

ラインハルトは私のことをいつだって全力で応援し、励ましてくれていたのだ。

何より二人でFランクから一緒に頑張っていたため、自分のことのように考えてくれているのかもしれない。

「ラインハルト、Bランクになったんだ！　すごい！」

「……うん。ありがとう」

一方、彼は順調にBランクまで上がっていて、私も自分のことみたいに嬉しくなる。もちろん生まれつきの才能はあるけれど、ラインハルトはずっと頑張っていた。

「本当にすごいよ！　おめでとう！」

「レーネちゃん……次も一緒に頑張ろうね。僕、レーネちゃんに教えられるようになるから！」

「ありがとう、ラインハルト。すっごく心強いや」

やはり私がDランクのままだったのを気にしているらしく、申し訳なさで胸が痛む。

「次は一気にBランクに上がれるくらい、頑張るね！」

だからこそ私は全く気にしていない、大丈夫だという気持ちを込めて笑顔を向ける。

そうしていつも通り、ヴィリーとふざけ合いながらみんなでお喋りをしていたところ、再びドアが開いた。

「何を騒いでいるんだ」

そこには、吉田と王子の姿がある。実はこの後、いつものメンバーで試験のお疲れ様会をする予定だった。

吉田も王子も上位ランクをキープしていて、流石だ。

二人も私のブローチに視線を一度向け、王子はほんの少し眉尻を下げた。吉田は無反応のまま。

「この後、どこに行く？　私お腹すいちゃった！」

「レーネの好きなものを食べに行きましょう」

「そうだね。僕、レーネちゃんの好きそうなお店をたくさんピックアップしてるから、任せて！」

「いや怖いな、すげーよお前」

「………………」

「ありがとう！　騒いでも怒られない所がいいよね」

「そうね。レーネのお兄さん達も来るんでしょう？」

「うん、ユリウスとアーノルドさんとミレーヌ様！」

みんないつも通りの雰囲気で、ほっとした。この後は気持ちを切り替えて、思い切りはしゃごうと決める。

——けれど今ちゃんと上手く笑えているだろうかと、少しだけ不安になった時だった。

「ギャッ！　め、目が……！」

いきなり吉田に、目元を覆うように顔面を鷲掴みにされたのだ。

そのまま吉田は私を連れて、歩き出す。

「おい、どうしたんだよ吉田」

「用事を思い出した。この集まりは延期だ」

「えっ？　っておい！」

それだけ言うと教室を出て、廊下を歩いていく。

指の隙間から見えた吉田の手元には、私の鞄だけがある。

「よ、吉田？　いきなりどうしたの？」

「…………」

やがて校門の前に停まる我が家の馬車まで来ると、中へ押し込まれた。

私は突然のことに驚きを隠せず、すぐに身体を起こして馬車の前に立つ吉田に向き直る。

「び、びっくりした、本当にいきなりどうし――」

「お前は頑張った。次がある」

「……え」

私を見つめる吉田は、ひどく真面目な顔をしていた。笑顔を作るのも忘れ、見つめ返すことしかできない。

「これまでの努力が無駄になることなど、絶対にない。いずれ必ず結果はついてくる」

「…………よしだ」

励ましてくれているのだと、ようやく気付いた。吉田のまっすぐな言葉が、胸に広がっていく。

「じゃあな。ゆっくり休めよ」

それだけ言うと吉田はくるりと背を向け、片手を振って校舎へ戻っていった。私はその背中を見つめながら、きつく手のひらを握りしめる。

――きっと吉田は、気付いていたのだ。私の空元気や、少しだけ無理をして笑っていたことに。

あのままみんなと過ごしていても心から楽しめず、無理をし続けていたと思う。

吉田の気遣いに、感謝してもしきれない。戸惑い、お礼すら言えなかったのが悔やまれた。他のみんなだって突然のことに驚いたに違いない。

「……私、だめだめだ」

週明けにはしっかり元気になって、心からの笑顔でお礼を伝えようと決め、鞄を抱きしめる。

「レーネ！」

それからすぐに息を切らしたユリウスがやってきて、その姿からは余程急いで来てくれたのが見て取れた。ユリウスらしくない様子に、胸が締め付けられる。

「ヨシダくんがいきなり来て、レーネは馬車で待ってるって言うから驚いたよ」

「よ、吉田ってやつは……本当に……」

どこまでも優しいマイベストフレンド吉田、好きだ。

ユリウスは馬車へと乗り込み、私の隣に座った。金色のブローチが、陽の光を受けてきらきらと輝いている。

ユリウスがSランクに戻り良かったと、ほっとした。

「試験、お疲れ様」

「ありがとう！　ユリウスもお疲れ様」

「うん。明日の休みはゆっくり過ごそう」

ユリウスはそれだけ言うと、私の手をそっと握った。私の試験結果に、触れることはない。肩の力が抜けるのを感じ、私はユリウスに軽く体重を預けた。

「着くまで休んでいていいよ」

「……ありがとう」

ゆっくりと馬車は動き出し、静かな時間が流れる。この優しい沈黙が、今はありがたかった。

◇◇◇

やがて屋敷に到着し、ユリウスは部屋まで送ってくれたところで、再び私の名前を呼んだ。

「一人になりたい？　それとも俺がいてもいい？」

やはりユリウスらしくない言葉から、気遣ってくれているのが伝わってくる。

そんな問いに対し、私は少しの後「ユリウスに一緒にいてほしい」と答えていた。

「ありがとう」

お礼を言うのはこっちなのにユリウスはそう言って微笑むと、私の手を引いて中へと入る。

そのままソファに並んで座ると、どっと疲れが身体に押し寄せてきた。いい加減気持ちを切り替えなければと思っても、なかなかいつものように上手くはいかない。

それでも一番協力してくれたユリウスにはちゃんと報告とお礼をしなければと思い、口を開く。

「あの、ごめんね。私、結局――」

「力になれなくて、ごめん」

私の言葉に被せるように言ったユリウスに抱き寄せられる。

突然のことに驚く私に、ユリウスは続ける。

「……俺も本当に悔しい。ごめんね」

心から悔やむような悲しげな声や、大好きな温かい体温に視界が滲《にじ》んでいく。

ユリウスが謝ることなんて何ひとつないよと伝えたいのに、やはり言葉が出てこない。

「レーネはちゃんと頑張ってたよ。誰よりも」

「……うー……う、うわあん……」

やがてぽろぽろと目からは涙が零れ落ち、口からは泣き声が漏れていく。

ずっと我慢していたのに、一度緩んでしまってはもう駄目だった。感情が一気に溢れて、止まらなくなる。

「うっ……ひっく……うー……」

子供みたいに声を上げて泣きじゃくる私の頭を、ユリウスは優しく撫でてくれる。

「今思ってること、全部言って」

「げ、幻滅、しない？」

「まさか。俺が聞きたいんだ」

幼子をあやすような優しい声に、また涙腺が緩む。

そんな風に言われて、我慢できるはずがなかった。何よりどんな私でもユリウスは受け入れてくれると、心から信じられたからだ。

「っくやしい……すごく、悔しくて、悲しい」

「うん」

「だって、頑張ったから……できること、全部した」

「そうだね。レーネのそういうところ、俺は本当にすごいと思ってるよ」

そもそも、半年前はFランクだったのだ。

ここまで順調に来れたことが、奇跡みたいなものだった。

そう分かっていても、苦い気持ちでいっぱいになる。

――思い返せば前世での私は、仕事も勉強も頑張り続けていたけれど、生きていくために必要だという理由でやっていただけだった。

だから、それが失敗しても挫折しても悔しいとは思わなかった。

仕方ないと、切り替えられていた。

けれど今は初めて本当の意味で自分のために、応援してくれる人たちのために頑張ったからこそこんな気持ちになるのだと、今更になって気付く。

「それとね、仕方ない、っどうしようもないって、分かってるけど……ちょっとだけ、焦っちゃって……」

「……うん」

スタートのスペックが最低辺であることも、仕方がないと分かっている。それでもいつだってバッドエンド目前の私には、もう後がないのだ。

次のランク試験でCランクに上がれなければ、私はどうなってしまうのか分からない。これまでは頑張れば絶対に大丈夫だと自分に言い聞かせてきたけれど、不安にならない訳がなかった。

けれど初めて本音を口に出したことで、心が少しずつ軽くなっていくのも感じていた。

「大丈夫だよ。レーネの頑張りは、絶対に報われる」

優しい声に、視界が揺れた。ユリウスがそう言うと、不思議と本当に大丈夫な気がしてくる。

それからもユリウスは私の泣き言に対し、相槌を打っては優しく言葉をかけ続けてくれた。

人生でこんなにも弱音を吐いたことなんて、なかったように思う。一生分、吐いた気さえする。

なんだか私らしくなくて、だんだん恥ずかしくなってきた。

「…………」

「…………」

一方、ユリウスは私の肩に顔を埋めたまま黙り続けている。

どうしたのだろうと名前を呼べば、「ごめん」とまた謝罪の言葉を口にした。

「……俺も少し泣きそうなんだけど」

「えっ？」

「自分より、レーネが辛い方が悲しいみたいだ」

驚く私にユリウスは続ける。

「俺にできることは全部してあげたいし、もしもレーネを泣かせる奴がいたら、すぐに息の根を止めてくるよ」

「こ、怖いんですが……」

冗談ではないトーンに、本気でやりかねなさそうで、違う意味で涙が出てきそうになる。

「や、やっぱり順風満帆すぎるより、挫折パートも必要だと思うんだ。ドラマ的に」

「なにそれ」

謎のフォローをすると、ユリウスが小さく笑ってくれてほっとする。

もしもユリウスが悲しそうにしていたら、私だってすごく辛い。その原因が自分なら尚更だ。

「……もうちょっとだけ、泣いてもいい？」

「もちろん。好きなだけどうぞ」

「そしたら、明日からまた、いっぱい頑張るから」

私はユリウスの背中に再び腕を回すと、胸元に顔を埋めた。私の涙で濡れてしまったけれど、制服はちゃんと弁償しようと決め、今更遠慮はしないでおく。

ユリウスはその後もずっと、私を抱きしめながら背中を撫でてくれていた。

「……俺はずっと、レーネの味方でいるよ」

それからも思い切り泣いて疲れた私は、そんな言葉を最後に、夢の中に落ちていった。

第八章 地獄の狩猟大会編

ＴＫＧ

散々泣いた翌朝、私はそれはもう清々しい気持ちで目が覚めた。あんなに泣いたのに鏡を覗いたところ目は腫れておらず、しっかり美少女でほっとする。

改めて昨日のことを思い出すと、胸が温かくなった。

「私って、幸せ者だなあ」

全力で一緒に楽しみ、時には共に頑張ってくれて、悲しい時には支えてくれる大切な家族や友人達がいる。

それがどれほど幸せでありがたいことなのか、私はよく知っていた。

いつだって感謝の気持ちを忘れず、隙あらば恩返ししていきたい。

「よし！　今日は昨日と違う風が吹いてる！」

まずは私のせいで消滅してしまったランク試験お疲れ様会を最高の形で開催しなければと決意しながら、自分で軽く身支度をする。

「…………？」

そんな中、私は先程から何かに対してもやもやとした引っかかりを覚えていた。一体どこに引っかかったのだろうと首を傾げながら、櫛で髪を梳《す》く。

結局答えは出ずすっきりしないまま、自室を出て食堂へと向かう。お礼を伝えようとユリウスの部屋に寄ったものの、既に朝食をとりに向かったようで留守だった。

後でにしようと長い廊下を歩いていき、角を曲がったところで、見慣れた銀髪を見つけた。

「あ、おは――」

すぐに声を掛けて駆け寄ろうとした私は、慌てて口を噤《つぐ》む。

ユリウスの奥にはジェニーの姿があったからだ。

「結局、お姉様はあの程度なんです。何の才能もありません。Fランクを脱した程度で調子に乗って……」

早速聞こえてきたのは私の悪口で、朝からジェニーは絶好調だった。小馬鹿にするように私の話をしており、Dランクのままだったことで相当気分が良いらしい。

ジェニーはAランクをキープしていて、昨日の夕食でも鼻高々だった。父はジェニーとユリウスを褒め私はスルー定期で、鮮やかな手のひら返しに感動すらした。

「……それで、何が言いたいの？」

「ですからこの先、いくら努力をしたってお姉様のような人間はどうにもならな――」

次の瞬間、ジェニーの声と被るようにドンッという鈍い大きな音が響き、驚いて顔を上げる。

なんとユリウスが壁に思い切り拳を叩きつけており、ジェニーは言葉を失っていた。

こちらから表情の見えないユリウスはそのままジェニーに近づくと、耳元に顔を寄せる。

「それ、レーネの前で言ったら、お前のこと――から」

「……っ」

聞いたことのないようなユリウスの低い冷たい声に、私までびくりとしてしまう。後半は聞き取れなかったものの、物騒な発言であろうことだけは分かる。

ジェニーも心底怯えており、今にも泣き出しそうな顔をすると、背を向けて走り去っていった。

ユリウスは昨日散々大泣きした私が傷付かないよう、釘を刺してくれたのだろう。

「……び、びっくりした」

それにしてもユリウスがあんなに怒っているところなんて、初めて見た気がする。これまで壁ドンは何度もされてきたものの、このタイプは初めてだ。

このままユリウスと顔を合わせるのはなんとなく気まずくて、別ルートに方向転換しようとしたところ、背中越しに声をかけられた。

「おはよ、レーネちゃん」

「お、おはようございます！　昨日はご迷惑をおかけいたしました、ありがとうございました！」

「どういたしまして。気分はどう？」

「お蔭様でしっかりがっちり立ち直りました」

「そっか」

それなら良かった、と柔らかく笑うユリウスは先ほどとはまるで別人で、色々な意味でドキドキしてしまう。

「…………」

「…………」

結局そのまま並んで歩きながら食堂へと向かっていたところ、ユリウスはくすりと笑った。

「さっきの聞こえてたんだ？　ああいう俺、嫌い？」

「いえ……なんというか、かなりクールな感じでしたね」

「あはは。でも俺、元々あんな感じだから」

そう言えば先日、ユリウスの告白現場を目撃した際、アーノルドさんもそんなことを言っていた記憶がある。

やはり私はまだユリウスという人について、知らないことばかりだと実感した。

「俺、午前中は少し出かけてくるね。昼頃には帰ってくるから屋敷で良い子に待ってて」

「そうなんだ。気をつけてね」

鉄は熱いうちに打てと言うし、ユリウスがいない午前中は筆記試験で間違えた部分の復習をしようと決める。

廊下を歩きながらじっとユリウスの横顔を見つめていた私は、不意に「あ！」と声を上げた。

「びっくりした。どうかした？」

「う、ううん！　なんでもない！」

「本当にレーネは嘘が下手だね」

突然、大声を上げた私を、ユリウスは怪訝そうな目で見ている。何でもないと誤魔化しながら、
私は少しだけ鼓動が速くなった心臓のあたりをぎゅっと押さえた。

先ほど自室で考えごとをしていた時に感じた引っかかりの正体に、気付いてしまったのだ。

——私はユリウスを「家族」だと考えたことに、違和感を覚えていたのだと。

◇◇◇

そして昼過ぎ。外出先から帰宅し、私の部屋へとやってきたユリウスは思い切り眉を顰《ひそ》めた。

「は？　なんでお前がいんの？」

「もちろん、かわいいレーネに会いに来たのよ」

現在、私の部屋ではミレーヌ様がくつろいでいる。普通に約束をしてもユリウスが絶対に妨害するだろうからと、サプライズで遊びにきてくださったそうだ。

私服のミレーヌ様は今日も美しく、耳元や首元では一体いくらするのか考えるだけで目眩がするような、大きな宝石達が輝いていた。

一目見ただけで最高級品だと分かる紫のドレスを身に纏《まと》い、絹のようなまっすぐな金髪を靡《なび》かせたミレーヌ様がいるだけで、地味な私の部屋が華やかになる。

「狩猟大会にも一緒に出るんだし、もっと仲良くなりたいの。このまま連れ帰って妹にしたいわ」

「無理」

即答するユリウスに対してミレーヌ様はにっこりと微笑み、優雅な手つきでティーカップに口をつけた。

ミレーヌ様は気さくで、楽しくお茶をさせてもらっている。お土産のケーキも信じられないほど美味しい。

ユリウスは溜め息を吐くと、私達の間の椅子に腰を下ろした。その手には、大きな袋がある。

「その大荷物、何？」

「レーネの弓だよ。この間オーダーしてきた」

「もうできたの⁉」

魔道具店のおじさんはやけにやる気を見せてくれていたけれど、こんなにも早く完成するとは思わなかった。

「う、うわあ……！　すっごくかっこいい！」

ユリウスが開封すると、白と金の弓が姿を見せた。様々な大粒の宝石が埋め込まれており、それぞれ攻撃力の上昇や防御魔法などの効果があるらしい。

一言で言えば、美しかった。綺麗で格好良くて洗練されていて、自分の弓だと思うと胸が弾む。

「あれ、そう言えば矢は？」

「レーネの魔力から作られるよ」

「えっ、超すごい」

あまりのファンタジーっぷりや便利さに、素で驚いてしまった。魔力を込めて弦を引くと矢が生成されるらしく、魔力切れするまでは矢を射ることができるという。

各属性魔法を上手く扱えるようになれば、矢に火や水などの魔法効果を付与することもできるんだとか。可能性が無限に広がり、わくわくしてくる。

目を輝かせて弓を見つめていると、ユリウスとミレーヌ様が困惑した表情を浮かべていることに気が付いた。

「……これ、本当に普通の弓なの？」

「多分。店主がレーネをやけに気に入ってはいたけど」

「どう見ても並の品じゃないわ。何でできているの？」

「龍骨とは聞いてるけど、詳しく聞いてないな。それにしても、鳥肌が立つくらいの魔力だね」

二人はこの弓から何かを感じ取ったらしく、顔を見合わせている。

これはあれだ、バトル漫画でよくある〝強者だけに分かる感覚〟というやつなのだろう。

「確かに桁違いだよね……」

もちろんへっぽこ魔法使いの私にはさっぱり凄さが分からないものの、場の雰囲気に合わせて腕を組み、神妙な顔でそれっぽいセリフを言っておく。

何が桁違いなのかも謎だけれど、悪い意味で私の魔法の偏差値が二人と桁違いなのは確かだ。

「とにかく、一度手に持ってみなよ。俺の剣を取りに行く時に詳しく聞いておくから」

「うん、ありがとう！」

ドキドキしながら、差し出された弓を受け取った。

見た目は大きめでしっかりしているものの、魔法で軽量化されているようで、簡単に持つことができる。

不思議と昔から知っているような、手に馴染むような感覚があった。

――これが、私のための武器。この弓に見合う実力を身につけたいと、やる気が溢れてくる。

「そうそう、名前をつけるといいわ。弓に魔力を込めながら念じるの」

どうやら名前を付けた方が武器との親和性が高くなるらしいものの、悩んでしまう。

「うーん……どうしよう……全然思いつかないです」

「難しく考えなくていいのよ。この弓を見て感じたものや連想したもの、好きなものとか。私は赤い槍を使っているんだけど、ガーネットと名付けたわ」

「か、かっこいい……！」

名前もそうだけれど、槍で戦うミレーヌ様を想像するだけで胸がときめく。間違いなく戦場に舞い降りた女神のように美しいはず。

そして実はこの白と金のコントラストの色合い、何かに似ているとずっと感じていたのだ。

「あ、そうだ、卵かけごはんみたいな――あっ⁉」

思わずそう呟いた瞬間、弓はぱあっと明るく光った。

何が起きたのか分からず呆然とする私の手元を、ユリウスは覗き込む。

「名前、決まったみたいだね」

「え………？」

今の光はなんと武器が名前を認識した証らしく、冷や汗が止まらなくなる。

何ということだろう。超絶かっこいい素敵な弓の名前は「卵かけごはん」になってしまった。

このままではシリアスな戦闘シーンもぶち壊しになってしまう。

慌ててやり直せないか尋ねたものの、もう無理だと言われてしまった。

「それで、どんな名前にしたの?」

「ええと……TKGです……」

略すと少しだけマシになった気がする。

「かっこいい名前ね。どういう意味なのかしら」

「その……私の好きなものです……」

「うん。強そうだ」

なぜか二人からは高評価で、戸惑いを隠せない。

この世界に卵かけごはんが存在しないことに心底感謝しながら、私はTKGに「よろしくね」と声をかけた。

この先一緒に頑張っていく相棒なのだ。大切にしなければ。何より卵かけごはんは大好きだし、良しとする。

「ユリウス、本当にありがとう!」

「どういたしまして。後で練習してみようか」

「うん、お願いします」

ひとまずTKGはベッドの上に大切に寝かせておき、メイドにユリウスの分のお茶を頼んで、再び着席した。

実はこの三人で過ごすのは初めてのため、以前から気になっていたことを尋ねてみる。

「そう言えば、お二人はいつから仲が良いんですか？」

「全然良くないけど、付き合いは長いわよ。初めて会ったのは八歳くらいの頃かしら」

「そうだね。公爵家の集まりで、ミレーヌが顔だけで俺をエスコートに選んだ時からかな」

やはり貴族令息令嬢は幼い頃から両親に連れられ、色々な場に顔を出す機会が多々あるらしい。

「ユリウスは昔からすました嫌な子供だったわ」

「お前だって変わらないけどね。自分以外を虫けらだと思ってるような顔してさ」

「まあ、心外だこと。でも、お互いに利用する相手としてはちょうど良かったのよ。私達が一緒にいれば、近づいて来る人間なんて限られていたし」

やはり子供と言えども、貴族は貴族。ミレーヌ様やユリウスに取り入ろうとする人間は後を立たず、二人はＷｉｎ－Ｗｉｎな関係を築いてきたようだった。

パーフェクト学園に入学後も二人が一緒にいると、勝手にそういう仲だと誤解する人も多かったようで、色々便利だったんだとか。

「本当、アーノルドくらいじゃないかな」

「あれは昔からいかれていたわ」

唯一アーノルドさんだけは昔から距離感バグを発揮しており、二人にも気さくに絡んできていたという。幼い三人が並ぶ姿は間違いなく眩しく可愛らしく、その光景をぜひとも見てみたかった。

この世界に写真がないのが、心底悔やまれる。

「でも、レーネといる時のユリウスは嫌いじゃないわ。どうしようもなく人間って感じがして」

「いい加減黙ってくれないかな」

「あらあら、照れてるの？　かわいいわね」

「出口はあっちだよ。お疲れ様」

二人はやはり気安い仲で、やりとりを聞いているだけで笑みがこぼれた。

喧嘩するほど仲が良いのだろう。

「そう言えば、狩猟大会はどの程度を狙うつもり？」

「俺はレーネに雪兎を狩らせるだけで満足だけど」

「あら、優しいお兄様ねえ」

ユリウスは本当に見守り保護者参加のつもりらしく、ミレーヌ様は少しだけ驚いていた。

「でも、魔物と言えども兎を殺すのは可哀想で……」

「レーネは雪兎を見たことないの？」

「はい。名前しか知らないです」

「姿を見たら容赦無く殺せるから大丈夫よ」

かわいい白いふわふわの兎を想像していたものの、何の躊躇いもなく射ることができるような姿だという。美しいのは毛皮だけらしい。

「私達は冬熊でも適当に狩りましょうか。三人とも手ぶらは流石に何か言われそうだもの」

「そうだね。ヨシダくんもきっといけるだろうし」

二人はその辺の草を適当に摘むようなノリで話しているけれど、冬熊は授業で習ったから私でも知っている。

かなり強い部類で、獰猛《どうもう》な恐ろしい魔物だったはず。

やはり今回のメンバーの中では、私は場違いすぎる。とは言え、みんな本当に気楽な参加のつもりらしいし、今回は甘えさせてもらい全力で楽しもうと思う。

「そう言えば、ベルマン山にいる一番レアで強い魔物って何なんですか？」

「うーん、何かしら。去年の雪の女王を決めた獲物は確か二本角の一角獣だったわよね」

「すごい、ユニコーンの概念を覆してる」

やはり相当レアなものでなければ、一番は取れないのだろう。

強さはもちろん、運も絡んでくるんだとか。

「そういや昔、白銀の毛並みのベヒーモスがいるって話もあったよね。もしもいたら、それじゃないかな」

「私はただの噂話だと思うけど」

ベヒーモスは色々なゲームにも出てきていて、ファンタジー系に詳しくない私でも知っている。

確か物凄く大きな身体をしており、長く鋭利な角が生えていて獰猛で、とても怖いやつだ。

珍しい色のベヒーモスがいるという噂はあるものの、その姿を見て生きて帰ってきた者がいないため、定かではないという。よくある恐ろしい話すぎる。

「早朝に開始するし、昼過ぎに終えて午後はのんびり過ごしましょうか。景色が綺麗な場所だし」

「はい！　楽しみです」

「私達は先に終えて男達にはたくさん狩らせて、お揃いのコートを作るのも良いわね」

「出た、女王様」

ユリウスは呆れた顔で肩をすくめ、椅子の背に体重を預けている。どこか慣れた様子で、いつものことらしい。

とは言え、魔物は人間を攻撃する習性があり、人里に降りてくると危険なため、全力で狩るべきだと聞いた。

「綺麗な見た目をしていても、絶対に油断しないでね。見た目で人間を引き寄せて、中から別の化け物が出てきて食い殺すなんてこともあるから」

「ひえっ……肝に銘じます」

私がまともに魔物を見たことがあるのは、宿泊研修の謎の遺跡ダンジョンでだけだ。ドラゴンからは逃げることしかできなかったものの、ユリウスがあっさりと倒してくれたことを思い出す。

その後、ユリウスとアーノルドさんに守られながら小さなネズミみたいな魔物を運よく倒したくらいで、私にまともな戦闘経験はなかった。

「とにかく当日まで練習、がんばります！」

「ええ。あまり肩肘張らずにね。次は吉田も呼んで遊びましょう、せっかくのチームなんだし」

「ぜひ！　私の心友の吉田はとても良い人なので」

「ミレーヌ、暇なんでしょ？　お前、友達少ないしね」

「は？　そっちこそ」

本当に仲が良さそうで、微笑ましい。そういやユリウスとアーノルドさんも、よくこんな会話をしている。

家柄も見目も良いSランクの三人は友達が少ないのではなく、近寄り難いだけだというのに。

「レーネ、やけに楽しそうだね」

「私は友達と言い合いとか喧嘩をしたことがないから、ちょっといいなあって思って」

もちろん、本気の喧嘩をしたいわけではない。こんな風に軽口を叩ける関係が羨ましいだけだ。

「レーネと喧嘩をしたら、ユリウスは寝込みそうね」

「そんな日は永遠にこないから問題ないよ」

「否定しないのもかわいいこと」

「悪趣味女」

「でもユリウスと喧嘩って、想像つかないや」

私達がお互いに嫌がるようなことをするなんてない気がするし、何より悪いことをしたらすぐに謝ればいいのではと話せば、ミレーヌ様は唇で美しい弧を描いた。

「ふふ、どうかしらね。男と女って、そんな簡単なものじゃないと思うけど」

そして楽しげに目を細めると、可愛らしい形のクッキーを私に「あーん」と差し出してくれた。

◇◇◇

ミレーヌ様を見送った後、私は弓の練習のため、ユリウスと卵かけごはんと共に早速庭へ出た。

「わ、寒いね。少し雪も積もってるし」

「うん。もう完全に冬だ」

四季なんかは元の世界と全く同じらしい。いきなり滑って転びかけた私を、ユリウスはすぐに支えてくれた。

人気のない場所へ移動し、大きな木に向かって弓を構えてみる。

弦に指をかけると青白い矢が現れ、触れた感覚も普通の矢とほぼ変わらない。

「うわあ、すごい……魔法みたい！」

「魔法だね。じゃあ、あの木の実を狙ってみようか」

そのまま矢を放つと、矢はしっかりユリウスの指定した赤い木の実に突き刺さっていた。

「えっ……」

それだけでなく木自体にも大きな穴が空いていて、想像以上の威力に驚きを隠せない。ＴＫＧ、超すごい。ようやくヒロイン感が出てきた気さえする。

「へえ、本当に上手だね。これなら俺が教えることなんてほとんど無さそうだ」

ユリウスも感心している。これまで悲惨な姿しか見せてきていなかったため、嬉しくなった。

「あとは単純に弓に慣れるのと、狩りのためにも動く的に当てる練習くらいかな」

「確かに。私、動いてるものを狙ったことがないんだ」

「じゃ、適当な練習相手を作るね」

ユリウスはそう言うと、庭に積もっていた雪から兎を作り出した。雪から兎を作るとは一体。

間違いなく学生のレベルを超えた、高度なことをしている。詳しく聞いても私には絶対に理解できないだろうし、すんなり受け入れて練習させてもらうことにした。

「くっ、この、ちょこまかと……！」

「あはは。難しいよね」

やはり動くもの相手では全く勝手が違う。しかも小さくて素早く動くため、より難易度が高い。

いつしか夢中になってしまっていたらしく、ようやく矢が掠るようになった頃には、日が暮れ始めていた。

慌てて振り返れば、ユリウスは近くのベンチに座り、ずっと私の様子を見守ってくれていたようだった。

「お疲れ様。この短時間でかなり上達したね」

「ご、ごめん！　寒かったよね！」

「大丈夫だよ」

ユリウスは寒いのが苦手だと言っていたのに、やってしまったと反省しながら駆け寄る。

必死に練習していた私は暑いくらいだったものの、ユリウスの手はすっかり冷たくなっていて、私は自身の両手でぎゅっと包み込んだ。

「早く戻らないと……はー」

口元へ持っていき、温めるように手に息を吐くとユリウスは「は」と、不思議な声を出した。

「え、なに、それ」

「こうするとあったかくない？」

小さい頃、全力で雪遊びをしていた私によく母がしてくれたことを思い出す。

この世界ではあまりしないのかなと顔を上げると、ユリウスの顔は少しだけ赤く染まっていた。

「……それ、俺以外に二度としないでね」

「うん？」

「俺、なるべく他人の手を切り落としたくはないから」

「待って、何の話？」

いきなり物騒でびっくりする。その後しっかりと約束させられた私は、「あったかい」「ありがとう」とやけに上機嫌なユリウスに手を引かれ、屋敷へと戻った。

◇◇◇

週明け、元気に登校した私はみんなに全力で謝罪し、今週のどこかでお疲れ様会をしようと誘って回った。

みんな心配してくれていたようで、余計に申し訳なくなる。ラインハルトは気付いてあげられなくてごめんと今にも泣き出しそうな様子で、宥めるのが大変だった。

そして放課後の今は、吉田とカフェテリアでお茶をしている。吉田には礼などいらないと言われたものの、お茶とケーキを奢らせてほしいと無理やり頼んだのだ。

「あの瞬間、持つべきものは吉田だと思ったもん。本当にありがとう！　私、すごく救われたよ」

「……そうか」

クールな顔をしてココアをお供に苺がたっぷり乗ったケーキを食べている吉田、かわいい。

「それにしても、もうすぐ冬休みなんだね。ついこの間秋休みだったのに早くない？」

「確かに早いな。今年がもうすぐ終わるのか」

「このペースじゃ、あっという間におばあちゃんになりそうで怖いんですけど……」

「お前の介護なんて考えたくもないな」

「えっ、一生一緒にいるってこと？　プロポーズ？」

「帰っていいか？」

その後、話題は冬休みから狩猟大会へ移った。次は四人で遊ぼうと誘えば、すんなり「分かった」と返事をされ、吉田との距離が着実に縮まっているのを感じる。

「そういや、前に話していた弓はどうなったんだ」

「実はもう届いたんだけど、超かっこいいんだよ！」

「名前はもう付けたのか？」

「あ、うん……実はＴＫＧって言うんだけど……」

「なんだ、お前にしてはかなり良いセンスじゃないか」

「えっ……」

やはりこの世界では、ちょっと粋な名前らしい。戸惑いつつもほっとした私は、会話の流れから何気なく吉田の剣の名前を尋ね、グラスに口をつける。

「俺はエクセレントナイトソードだが」

つらっと告げられた瞬間、口に含んでいたオレンジジュースが勢いよく鼻に入った。

「ゲホッゴホッ、いった……エ、エクセレ……？」

「エクセレントナイトソードだ」

「えっ……ダッ……」

「だ？」

完全に反射で口から「ダ」という声が漏れ出てしまったものの、恩人に対してダサいなどと絶対に言ってはいけない。吉田は間違いなく格好いいと思っているのだ。

激ダサポートの件といい、吉田にはこういうところがあった。小学生男児のセンスだなんて、思ってもいけない。

私はなんとか笑顔をつくると、グッと親指を立てた。

「だ、だーよしも、いいセンスしてるね！」

「そうだろう。三日三晩悩んだんだ」

「そっか………」

だーよしのダサさすら丸ごと愛していこうと決意していると、不意にぎゅっと後ろから抱きしめられた。

この甘い香りには、覚えがある。そもそも私にこんなことをするのは、二人しかいない。

「レーネちゃん、酷いなあ。俺だけ仲間外れにして」

振り返れば予想通り、ユリウスに思い切り殴られるアーノルドさん、ミレーヌ様の姿があった。

「どうして俺も誘ってくれなかったの？　ショックで食欲も失せるし冬休み中、寝込みそうだよ」

「私達が狩猟大会に出ると話したら、朝からずっとこの調子なの。面倒で仕方ないわ」

アーノルドさんは本気で悲しんでいるようで、ユリウスに殴られた箇所をさすりながら、子犬みたいな眼差しを向けてくる。

困ったことにとても顔が良いため、通常の十倍くらいの罪悪感が押し寄せてきた。

「す、すみません……」

「いやお前、全然こういうの興味ないじゃん」

「俺はみんなと遊びたいんだよ」

ストレートなアーノルドさんの気持ちに、私は胸を打たれていた。仲良しメンバーのお出かけに誘われなかったら、私だって寂しくて悲しいはず。

「チームって絶対に四人までなの？　アーノルドさんも一緒に参加できないのかな」

「登録は四人だね。一緒に行動しても問題はないけど」

「じゃあ俺、個人で参加して混ざろうかな」

「ぜひ！　そうしましょう！」

「ま、好きにすれば」

そうしてアーノルドさんの参加も決まり、より楽しみになる。嬉しそうなアーノルドさんの笑顔の眩しさに目が痛みつつ、満更でもなさげなユリウスとミレーヌ様のツンデレぷりにも萌えた。

Sランクのアーノルドさんは戦闘能力も高いし、とても心強い。

「こいつが一番友達いないから」

「えっ？　意外」

「酷いなあ。でも、冬休みは色々楽しみだね。狩猟大会もそうだし、レーネちゃんの――」

そう言いかけた途端、ユリウスとミレーヌ様が笑顔のまま、アーノルドさんをものすごい勢いで殴りつけた。

何故か吉田まで慌てた様子で、一体どうしたんだろうと困惑してしまう。絶対に今のは痛い。

「わ、私の……？　私がどうかしたんですか？」

「アーノルドったら嬉しすぎて、頭の中身が吹っ飛んでしまったみたい。いつものことだから気にしないで」

「うん、レーネは何も気にしなくていいよ」

よく分からないけれど「わ、分かった」と言えば、何故かみんなはほっとした様子を見せた。

◇◇◇

ランク試験が終わってからは本当に日々があっという間で、勉強とユリウスと弓の練習を続けているうちに、冬休みまであと三日となった。

この世界にクリスマスやお正月はなく、冬のメインイベントがないと言うのはなんだか落ち着かない。とは言え、私は元々誕生日同様、寂しいクリスマスや年末年始を過ごしていたのだけれど。

ないなら作れば良いじゃないということで、冬休みにはみんなでクリスマスっぽいパーティーをすることにした。

「じゃあ、当日は鍋パと雪合戦しようね！」

「よく分かんねーけど、楽しそうだし全部やろうぜ」

「…………」

「僕はレーネちゃんがやりたいものをやりたいな」

色々と案を出してみたところ、この世界にはないイベントや遊びにみんな興味を持ってくれて嬉しい。

ついでに私は昔から、友人との鍋パやタコパ的なものに憧れていた。もちろんこの世界に鍋はないけれど、大鍋でそれっぽいものをすることは可能だろう。

あとは貴族であるみんなは雪合戦をやったこともないらしく、ルールを説明したところ、ヴィリーはかなりワクワクした様子をみせた。

「吉田のメガネに当てたら得点倍な！」

「は？」

「ふふ、楽しみだな」

最高の友人達に恵まれ、私の転生当初の目標である「学生生活を楽しむ」は既に達成できている気がする。

後は恋だけれど——と考えたところでユリウスの顔が出てきて、ぶんぶんと首を左右に振った。

「レーネといると、色々な楽しみができて嬉しいわ。いつも仲良くしてくれてありがとう」

「テ、テレーゼ……！　私こそありがとう、大好き！」

ミレーヌ様同様、高嶺の花であるテレーゼは近寄り難いせいか、貴族としての付き合いはあっても、友人と遊ぶことはあまりなかったという。

これからもみんなで毎日を楽しみ、たくさん思い出を作っていきたい。

きっと学生時代の三年間なんて、本当に一瞬で過ぎ去っていってしまう。

「そうだ、ラインハルトは何かしたいこととかない？　いつも私の意見を聞いてくれてるし」

「僕？　僕はいつかみんなで旅行に行きたいな。秋休みの吉田さんとヴィリーとの旅行、羨ましかったから」

「喜んで代わったが」

私がパーフェクト学園で鼻血を出して気絶していた間、他校でコスプレをして一人で授業を受けていた吉田の言葉は、重みが違う。

「旅行なら、国外に行くのも良さそうね」

「こ、国外……！　すごく行ってみたい！」

「…………」

「えっ、そうなんですね！　流石セオドア様」

王子は立場上、他国に行く機会も多いらしい。知人も多いようで、とても頼りになる。

国外旅行となると大きな話になるため、来年の長期休暇に向けて予定を合わせ、計画を立てることになった。

どんどん楽しみな予定ができて、胸が弾む。その一方でやるべきこともしっかり頑張ろうと、気合を入れた。

少しずつ、少しずつ

ユッテちゃんやクラスの女の子達とも女子会をする約束をし、私は初めての冬休みを迎えた。

今日も朝から冬休みの宿題をし、午後からは弓の練習と真面目すぎる一日を過ごしている。

弓の練習は時間を忘れるくらい楽しくて、どんどんＴＫＧと絆が深まっていくのを感じていた。

「ほっ！　……わあ、今のすごく良い感じ！」

自分で言うのも何だけれど、弓に関してはなかなか良い筋をしている気がする。今ではユリウスが作ってくれた雪製の兎も、簡単に射ることができるようになった。

狩猟大会も問題ないだろうとユリウスのお墨付きもいただいており、当日が楽しみで仕方ない。

一週間後が大会で、数日後には街中の超高級レストランに集まり、五人で食事をすることになっている。

ちなみに先日、アーノルドさんとこんな会話をした。

『アーノルドさんはどんな武器を使うんですか？』

『俺は鞭《むち》だよ』

『すみません、私とんでもない聞き間違えをしちゃったみたいで……鞭って聞こえたんですが』

『うん、合ってるよ。棘がたくさんついてるんだ』

『………』

甘い笑顔で棘まみれの鞭を扱う姿を想像すると、ある意味解釈一致すぎて、あり寄りの大ありだと思えてしまうから恐ろしい。間違いなく似合う。

そもそも世の中にはたくさんの武器があるのに、なぜ鞭を選択したのか気になって仕方ない。

「よし、今日はここまでにしようかな」

ありがとうとTKGにお礼を言い、屋敷へと戻る。

そうして自室に向かう途中、今日はユリウスと顔を合わせていないことに気付く。お喋りをしながら一緒に三時のおやつを食べようと誘うことにした、けれど。

「ああ、レーネ。どうかした？」

「え、ええとですね……」

ユリウスの部屋を訪ねると、なんと部屋の中には見知らぬミルクティー色の髪をした美女の姿があった。

年は私より五つくらい上だろうか。黒地に金の刺繍がされた異国風のドレスを身に纏った美女は長い足を組み、まるで自宅のようにくつろいでいる。

ユリウスが自宅に誰かを、それも女性を招いているのは初めて見た気がする。

部屋の入り口に立ち尽くす私に気付いた美女は、長い睫毛《まつげ》に縁取られた目をぱちぱちと瞬いた。

「えっ、なに？　誰？」

「妹」

ユリウスがはっきりそう言ってのけたことで、何故か胸がぎゅっと締め付けられるように痛む。

一方、美女は「あー」と納得した様子で頷いていた。

「二人いるんだっけ。全然似てないな」

「まあね」

「でも、かわいーじゃん」

サバサバ系らしく声もハスキーで、ミレーヌ様とは正反対の雰囲気だ。貴族令嬢という感じでもないし、どういう関係なのか気になってしまう。

「ごめんね。あとで部屋に行くから」

「わ、わかった」

美女に小さく頭を下げると「またねー」と笑顔で手を振ってくれる。うっかりドキッとしてしまいつつ、私はぱたぱたと逃げるように自室へ戻った。

そのままベッドに倒れ込み、夏休みに吉田と激ダサポートに乗ってゲットしたクマのぬいぐるみを抱きしめる。

「……なんだろう、これ」

胸の奥がもやもやちくちくして、落ち着かない。運動をしすぎて、体調が悪くなってしまったのだろうか。

とにかく昼寝でもして少し身体を休めようと、私はそのまま目を閉じ、眠りについた。

◇◇◇

優しい手の温もりを感じながら、ゆっくりと意識が浮上する。瞼《まぶた》を開ければベッドに腰掛け、私に手を伸ばしているユリウスと視線が絡んだ。

側に座り、私の頭を撫でてくれていたようだった。

「ごめん、起こしちゃった？」

「ううん」

「寝顔がかわいいから、つい触れたくなって」

よくそんなことをつらっと言えるなと思いながらも、笑みがこぼれた。ドア越しに声をかけて反応がない時は部屋に入ってきていいと、いつも言ってある。

窓から差し込む光はオレンジ色を帯びていて、結構な時間眠ってしまっていたらしい。

「さっきの人は？」

「もう帰ったよ」

あの美女は誰とか、どういう関係なのとか、聞きたいことはいっぱいあるのに、妙な気まずさや抵抗感のようなものを覚えてしまい、言葉が出てこない。

ぐっすり寝たはずなのに、先程のもやもやもちくちくも無くなっていない。

気が付けば私はユリウスのシャツの裾をぎゅっと掴んでいて、ユリウスは首を傾げた。

「レーネ？　どうかした？」

「……な、なんでもない」

「絶対なんでもある顔してるよ。俺、何かしたかな」

ユリウスは「何か嫌なことがあったなら教えて」と、優しい声音で尋ねてくれる。

そう言われて初めて、私にとって先程の出来事すべてが「嫌なこと」だったのだと気が付いた。

「なんかね、さっきの全部いやだったみたい」

「さっきの？」

「ユリウスが女の人を部屋に呼んでたのも、私のことを妹って言ってたのも、全部いやだった」

正直に話せば、ユリウスのアイスブルーの両目が驚いたように見開かれる。

やがてユリウスは片手で口元を覆うと「本当に？」と呟いた。動揺しているのが、はっきりと見てとれる。

頷いた私がその理由に気付くのと、ユリウスが再び口を開くのはほぼ同時だった。

「やきもち妬いてくれたんだ？」

「えっ、あっ……そう、なんですかね……」

ユリウスの言葉に、顔が熱くなる。言われた通り、私はあの美女にやきもちを妬いていたんだと思う。

自分以外の女性がユリウスの部屋に入り、親しげにしているのが嫌だった。今の私はユリウスの妹以外の何者でもないというのに、恥ずかしくなる。

「す、すみません、今のは忘れていただきたく……」

「無理」

ユリウスは口角を上げると、ベッドに寝転んだままの私に添い寝するような体勢で肘をつく。

「ちょ、ちょっとちょっと！」

「うん？」

顔が近づき、色々な意味で恥ずかしさが爆発しそうな私は鼻のあたりまで布団を被った。

そんな私を見て、ユリウスは楽しそうに笑っている。

「レーネちゃん、俺が妹って言ったの嫌だったんだ？　あんなに俺をお兄ちゃん扱いしてたのに」

「うっ……ち、違わないけど……」

「かわいいね。今度からレーネのこと、なんて紹介したらいい？　一番大事な女の子って言えばいいかな」

「ごめんなさいもう許して」

あまりにも甘すぎる雰囲気に、私はこれ以上耐えられそうにない。今度は顔全てを隠すように布団を被ったものの、すぐにユリウスによって剥がされてしまった。

「俺が他の女を連れ込むのも嫌なんだもんね？」

「こ、これ、まだ続けるの？」

「もちろん。嬉しかったから」

ユリウスはそれはもうご機嫌な様子で、私の羞恥心を煽る尋問は続く。

こちらは完全にくっ殺《ころ》状態だ。

「まあ、俺だってレーネの部屋に行って知らない男がくつろいでたら何するか分からないけど」

「怖いよ」

「でも、レーネも嫌だったんだよね？」

「……い、嫌ですけども」

素直に答えれば、ユリウスは満足げな顔をする。そのまま片手で私の頬を撫で「かわいい」と繰り返した。

「あーあ、かわいすぎてどうにかしたくなるな」

「私は違う意味でどうにかなりそうです」

「これくらいでそうなってたら、この先困るんだけど」

やはり男性経験皆無の私は甘い言葉や空気が恥ずかしくて落ち着かなくて、逃げ出したくなる。

世の中のカップルはみんな、常にこんな雰囲気の中で過ごしているのだろうか。私にはまだ早すぎたようだ。

「ていうか、この先ってなに？」

「全部説明したほうがいい？」

「すみません遠慮しておきます」

「あはは、残念」

恐ろしい予感がして断ると、ユリウスは私の頬を指先でつつきながら、やっぱり楽しそうに笑っていた。

「それにしても、嬉しい勘違いだったな」

「えっ？　勘違い？」

「うん。あいつ、男だから」

「へ？」

予想もしていなかった言葉に、固まってしまう。

ユリウスは「確かにあれ、最初は分からない人多いんだよね」としみじみ呟いている。本当に待ってほしい。

「あんな格好してるけど男なんだ。悪趣味で俺のものを何でも欲しがるから、レーネはただの妹だって言って何の興味もないフリをしただけで」

「いや……あの、えっ？」

「今日も仕事の話をしにきただけだよ。連絡を無視してたら、勝手に押しかけてきた」

「…………」

あの美女が男性だったなんて、信じられない。

声は低めで言葉遣いも男性らしいものだったけど、見た目は完全に妖艶な美女だった。色々とこちらの自信がなくなりそうだ。

それにしてもなかなか濃いキャラの知人だなと思っていた私は、はたと気付いてしまう。

「……あ、あれ？」

ユリウスが私を妹だと紹介したことにも理由があり、あの美女が男性で恋愛対象が女性となると、全て私の杞憂《きゆう》だったことになる。

それなのに「いやだ」なんて正直に言ってしまったことを、心底悔いた。

「もうやだ全部忘れて本当にすみませんでした」

「なんで？　もっとそういうの言ってよ。いつも俺ばっかり嫉妬してるから、嬉しかったのに」

「ああああ」

「今までのレーネって、俺が誰と何をしてもいいって感じだったし。結構悲しかったんだよね」

確かに、言われてみればそうだ。少し前まではユリウスにはハイスペ美女がお似合いだとか、優しくて綺麗な義姉が欲しいなんて思っていたのに。

ユリウスは私の気持ちの大幅な変化に気がついているからこそ、こんなにも嬉しそうなのかもしれない。

「これからは異性と会うなとか話すなとか、目を合わせるなくらい言ってほしいな」

「いやいやいや、そんな無茶なこと言いませんけど」

「そう？　俺はレーネにこれくらいしてほしいのに」

「重いよ」

流石に日常生活に支障が出すぎる。

ユリウスは私の髪を一束手に取ると、唇で綺麗な弧を描いた。

「俺、レーネの言うことなら全部聞くよ」

「……っ」

なんというか、ユリウスは本当にずるい。

誰よりもハイスペックなくせに、こんなにも下手に出て甘やかしてくるなんて、反則だと思う。

それでも、もしも自分以外にユリウスがこんな風に接することを考えると、先程とは比にならないくらい胸がじくじくと痛んだ。

「……わ、私の知らない女の人と、部屋で二人きりにはならないでほしい」

「分かった。もう絶対にしない」

結局私は、そんなお願いを口にしてしまった。

ユリウスは笑顔のまま、すぐに頷いてくれる。

「その代わり、レーネも同じことを一生守ってね」

「うん？」

「ちなみにそれが目的だから、今後もどんどん言って」

「こ、こわ……」

ちょろすぎる私は、ユリウスの掌の上で転がされている気がしてならない。それでも即答してくれたことに、思わずほっとしてしまったのも事実で。

きっとこれが「独占欲」というものなのだと、私は思い知っていた。

「……本当に、怖いなあ」

「レーネ？　どうかした？」

「ううん、なんでもない！」

生まれて初めての感情に戸惑う私は、この気持ちの続く先が「恋」なのか、まだ分からない。

けれど、そうだったらいいな、と思った。

狩猟大会

そして、いよいよ狩猟大会当日を迎えた。

ベルマン山に現地集合の予定のため、私はばっちり身支度をし、今はユリウスと共に馬車に揺られている。

「いい天気だし、絶好の狩り日和だね！」

「そうだね。これなら問題なさそうだ」

窓の外の空は青く澄み切っていて、雲ひとつない。雪山でも過ごしやすそうだと、ほっとする。

「すっごく楽しみ。早起きしてお昼も作ってきたし」

「ありがとう。俺も楽しみだな」

実はみんなで一緒に外で食べられるようにと、お弁当を作ってきたのだ。予定では昼頃に狩りを終えることになっているし、午後からはピクニック気分でのんびり過ごしたい。

料理長と本気で作ったお弁当には、自信がある。とは言え、ミレーヌ様やアーノルドさんは生粋の上位貴族のため口に合うかどうか、少しドキドキしていた。

ドキドキと言えば、隣に座るユリウスだ。じっと見つめていると私の視線に気付いたらしく、軽く首を傾げた。

「そんなに見つめて、どうかした？」

「今日もびっくりレベルで格好いいなあと思いまして」

狩猟服に身を包み、豪華なファーのついたコートを肩からかける姿は、王族かというほどに輝いている。

その上、今日はつばの広い黒い帽子を被っており、どの角度から見ても意味が分からないくらい格好いい。

「ありがとう、レーネもよく似合ってるよ。かわいい」

「ミレーヌ様にいただいたんだ」

ちなみに私もファーのついたベレー帽的なものを被っており、とてもかわいい。狩猟服もミレーヌ様にいただいたもので、全身お洒落上級者すぎて浮かれてしまう。

他の三人も間違いなく眩しいだろうし、ちょっとしたファッションショーができそうだ。

「一昨日の食事会も楽しかったよね。吉田に冷静に怒られるアーノルドさん、面白すぎたもん」

「あの二人、正反対でいいコンビになると思うな」

そう、一昨日は例の五人でのお食事会が行われ、それはもう楽しい時間を過ごしていた。

このメンバーなら、今日は最高の一日になる。そんな確信があった。

やがて馬車が停まりTKGを背負って降りてから、目の前に聳《そび》え立つベルマン山を見上げた。

予想よりも高く大きく、白に染まった美しい姿に「わあ……」と感嘆の声が漏れる。

ユリウスに手を引かれ、山を登って行きなだらかな場所に出ると、大勢の人々で溢れていた。

狩猟服に身を包んだ男性達と、美しく着飾った女性達により、真冬の雪山とは思えないくらいの華やかさだ。お祭りみたいな賑やかな雰囲気に、胸が弾む。

「すごい、外なのに全然寒くない」

「ね。俺もこれがなかったら、絶対に参加してないよ」

流石ミレーヌ様の防寒のための魔法がかかった超高級服だと、感動する。上にコートは羽織っているけれど、なくても問題がない気さえした。

まずは主催者であるシアースミス公爵に挨拶をするというユリウスについていき、人混みの中を歩いていく。

「まあ、ユリウス様だわ！　今日もなんて素敵なの」

「最近あまり社交の場でもお見かけしないものね」

やはりユリウスは目立っており、すれ違う同世代らしい貴族令嬢達のそんな声も聞こえてくる。

初めて見る顔ぶれも多く、学園外にもファンは多いみたいだった。

この世界での社交デビューは十六歳で、来月に誕生日を控える私は来年デビュタントを迎えることなる。

ジェニーと一緒だろうし、色々比較されるはず。マナーやダンスなんかもしっかり学ばなければと思うと、来年も忙しくなりそうだ。

「それで、一緒にいらっしゃるのはどなた？」

「初めてお見かけする顔だわ。ずいぶん親しげね」

こうして噂されることにも慣れているのか、ユリウスは全く気にする様子もない。私も気にせず歩いているとふと、人混みの中に見覚えのある紺色を見つけた。

「あっ、吉田！　おはよう！」

「ああ」

狩猟服というより騎士服に近い服装をした吉田は、しっかりイケメンだった。

その腰には剣が差されている。

「はっ……まさかそれはエクセレントナイト――いや今は朝だからモーニングソード？」

「そのナイトではない、騎士の方だ」

「かっこいいね！　吉田によく似合ってる！」

そうして話をしていると「おや、君は」という低い声が降ってくる。

ぱっと顔を上げるとそこには、夏休みぶりの吉田父の姿があった。

先日はお忍び旅行中のため私服だったものの、今日は騎士団の制服を着ているせいか、全く雰囲気が違う。

騎士団長ともなると、制服の豪華さも周りにいる人々とは違い、とてつもない風格とオーラを纏っていた。

「おはようございます、今日はマクシミリアンくんをお借りします！」

「ああ、おはよう。こちらこそ息子をよろしく頼むよ」

「はい！　一生大切にします」

「そこまでは俺がよろしく頼まないんだが」

けれど、相変わらず物腰も声音も柔らかく穏やかで、つられて笑顔になってしまうような素敵な人柄だった。

「学園でのマクシミリアンはどうだい？」

「とてもしっかりしていて優しくて、みんなから好かれています。私ももちろん大好きです！」

「……お前は本当、恥ずかしい奴だな」

素直な気持ちを伝えると、吉田は照れたのか顔を逸らしてメガネを押し上げている。

「この間も私が悲しい時、いち早く気づいて王子様みたいに連れ出してくれて、励ましてくれたんです！」

「余計な話をせんでいい。そして盛るな」

吉田父は嬉しそうに何度も相槌を打ちながら話を聞いてくれていたけれど、やがて「ああ」と何かを思い出したように口を開いた。

「先日、学園から帰宅後、元気がなかったのは君に悲しいことがあったからなんだね」

「えっ……？　よ、吉田………」

吉田がそんなに気にしてくれていたなんてと、胸がぎゅっと締め付けられる。

「ごめんね、ありがとう。私が不甲斐ないせいで……」

「お前が謝ることじゃないだろう。それにセオドア様は翌日、見舞いに行くかどうかを悩まれていたぞ。流石に唐突な訪問は困るだろうと、止めておいたが」

「ええっ！　セオドア様まで……⁉」

一国の王子である彼が急に我が家を訪ねてきた場合、使用人や両親は戸惑い慌て大騒ぎになっていただろう。

とは言え、もちろん気持ちはとてもとても嬉しい。

『………』

あの日、私の緑色のままのブローチを見て、悲しげに眉尻を下げていた王子の姿を思い出す。私を心配してくれる優しい友人達の存在に、また心が温かくなった。

「セオがそんなことを？」

「はい」

幼い頃から王子を知っている吉田父は少し驚いた様子を見せた後、吉田と同じ黄金色の目を柔らかく細めた。

「そうか。素晴らしい友人達と共に充実した学生生活を送っているようで、本当に良かった」

安心したように笑みをこぼすのと同時に吉田父は部下らしき男性に呼ばれ、去っていく。

私は手を振って見送ると、吉田に向き直った。

「吉田のお父様って、すごく素敵な方だよね」

「ああ。俺が一番尊敬している人だ」

自分の父親をそう思えるのは、何よりも素晴らしいことだ。温かく素敵な家庭で過ごしてきたからこそ、吉田はこんなにも良い子に育ったのだろう。

「……はっ、そう言えばユリウスはどこに行ったんだろう」

私は吉田を見つけるなり駆け出してしまい、ユリウスを置いてきてしまったことに気付く。辺りを見回したものの、人が多くて姿を見つけられない。

慌てる私に、吉田は「落ち着け」と声をかけた。

「お前のことを頼むと言って、どこかへ行ったぞ」

「いつの間に」

吉田父と話している間に、どうやらそんなやりとりがあったらしい。ユリウスの吉田への信頼度が高すぎる。

ミレーヌ様やアーノルドさんとも合流すべく、私は吉田と共に捜索を開始した。

「おい、レーネ！　吉田！」

「ヴィリー！　来てたんだ」

「おう」

人混みの中を縫って歩いていると、大声でぶんぶんと手を振るヴィリーを見つけた。

狩猟大会に興味があるらしく、行けたら行くと言っていたのだ。このパターンで本当に来るのも珍しい。

そしてその隣には、同じ赤髪をしたヴィリーよりも少し年上らしいイケメンがいる。もしや。

「兄ちゃん、あいつら俺の友達なんだ！」

「そうなんだね。僕はブラム・マクラウド、弟がいつもお世話になっています」

「こちらこそ！　レーネ・ウェインライトです」

「マクシミリアン・スタイナーです」

やはり騎士団に所属しているという、ヴィリーのお兄さんだったらしい。とても落ち着いた雰囲気でヴィリーとは対照的ではあるものの、目元や鼻はよく似ていた。

吉田が本名をフルで名乗っているのはレアだなと内心思いながら、頭を下げる。

「レーネさんの話はよく聞いているよ。もしかしてマクシミリアンくんも同じクラスなのかな？」

「兄ちゃん、吉田だよ吉田！　いつも話してるだろ！」

「ああ、マクシミリアンというのは、吉田くんのニックネームだったんだ。ヴィリーは君が大好きみたいでね」

「ありがとうございます、ですが逆です」

「何だよ、吉田が俺のことを大好きだったのか？」

「そっちじゃない」

会話が噛み合わず、巻き込み事故が起きてカオスな展開になっている。

どうやらマクラウド家でも、吉田は吉田として定着しているらしい。

「お互い頑張ろうな！　負けねーぞ！」

「うん、がんばろうね！」

やがてヴィリーとお兄さんと別れ、再び吉田と人混みの中を歩いていく。

まだ大会は始まってすらいないというのに、吉田は既に疲れ始めた様子だった。

「あそこにいるのがお前の兄じゃないか」

「あ、ほんとだ」

少し先に人々の視線を集めている集団がおり、吉田の陰から覗いたところ、中にはユリウスの姿がある。

ユリウスはナイスミドルな男性と会話をしており、雰囲気からあの人がシアースミス公爵だと分かった。やはり公爵ともなると、高貴なオーラが桁違いだ。

話し込んでいるみたいだし、ユリウスの話が終わるまで離れたところで待っていようと決める。

「ユリウス、会いたかったわ！」

すると不意に鈴を転がすような声が聞こえてきて、妖精に似た愛らしい美少女がユリウスへ駆け寄っていく。

ユリウスの周りは美女や美男ばかりだなと思いながら、その光景から目を離せなくなる。

「先日はありがとうございました」

「ううん、ユリウスのためだもの。あんな体験は初めてでドキドキして、とても楽しかったわ」

「それは良かったです」

「あの日のユリウスは普段の穏やかで優しい感じとは違って、サディスティックだったし」

二人でどんな体験をしてドキドキしたのだろうと、気になってしまう。サディスティックだったとは一体。

「もしかして気になるの？　レーネちゃん」

「ひっ」

突然耳元で聞こえてきた甘ったるい声に、驚きで心臓が跳ねる。

もちろん、アーノルドさんの仕業だ。

「あれ、驚かせちゃった？」

「当たり前です！　普通に話しかけてください」

軽く睨むと、アーノルドさんは「ごめんね？」と言って舌を出して見せた。

きっとこの顔とあざとい謝罪で、これまで何もかも許されてきたのだろう。許した。

「ユリウスって、遠目から見てもかっこいいよね」

「そうですね」

アーノルドさんは私の隣に並び立つと目の上に手をかざし、ユリウスと美少女を見つめている。

その腰下には、くるくると巻かれた銀色の鞭が下げられている。鞭は棘だらけだと聞いていたものの、つるんとしていてただの鞭にしか見えず、想像とは全く違う。

流石に冗談だったのかと一瞬安堵したけれど、魔力を流すと棘が現れるらしい。恐ろしすぎる。

「あの日の二人は俺も見てたんだけど、すごかったな。ユリウスも容赦なく彼女を責め立ててさ」

「えっ……」

「そうかと思えば、俺にはお前が必要なんだけどって甘えてたよ。飴と鞭ってやつだね」

どんな状況なのか全く予想がつかない。その上、ついこの間の出来事らしく、余計にもやもやしてしまう。

「………」

「あはは、ごめんね、意地悪して。そんな顔しないで」

そんな気持ちが顔に出てしまっていたのか、アーノルドさんはくすりと笑うと、私の肩に手を置いた。

「今のは学園祭の話だよ」

「えっ？」

「俺達の模擬店で一番の大金を使ってくれたのが、あの公女様なんだよね」

最後にユリウス指名で来て、残りの在庫を全て注文した公女様がいたという話は聞いていた。

それがシアースミス家の令嬢だったのだろう。

「ユリウス、すごかったよ。お前さあ、公女のくせにこんな端金《はしたがね》で俺の隣に座って恥ずかしくないわけ？　って煽っててね」

「ええ……」

「でも公女様は日頃ちやほやされているから、新鮮だったんだろうね。すごく嬉しそうだったよ」

どうやら練習通りオラ営を発揮していたしい。私には理解できない世界だと思いつつ、やりとりに納得した。

先程の言葉も「俺（が一番を取るため）にはお前（の金）が必要なんだけど」という意味合いだったらしい。血も涙もないホストすぎる。

同時に、何も気にするようなことはなかったんだと内心安堵していると、アーノルドさんは微笑んだ。

「ねえねえレーネちゃん、サディスティックなユリウスってどんなこと想像したの？」

「………」

「あはは、やらしいね」

「アウトですよ」

今のは3アウトどころか、一気に27アウトでゲームセットだ。本当にアーノルドさんは危険だと実感する。

私ごときではもう太刀打ちできないと思い、近くにいた吉田の背に隠れた。

「吉田、アーノルドさんをどうにかして」

「俺、ヨシダくんに怒られるの結構好きなんだよね」

「少し黙っていてください」

吉田は冷めた目でそう言い、アーノルドさんは「どっちが先輩か分からないね」なんて言って笑っている。本当にその通りなので反省してほしい。

出会った頃、誰よりも優しくて親切でまともな人だと思っていた純粋な気持ちを返してほしい。

「でもレーネちゃんもやきもち妬いたりするんだ、かわいいね。ユリウスが羨ましいよ」

「……やきもちって何回でも、嬉しいものですか？」

「好きな女の子なら毎日だって嬉しいと思うよ。少なくとも俺はそうだし、ユリウスもそうじゃないかな」

アーノルドさんはユリウスのことをよく分かっているだろうし、そう言われてほっとする。

「ユリウスは誰よりも人気者だから大変だよね。本当にみんな好きになっちゃうから」

「…………」

私が今まで気にしていなかっただけで、ユリウスは信じられないくらいにモテるのだ。きっとこれから先こんな風に思うことが、たくさんあるのかもしれない。

そうしているうちに、公爵様と話を終えたらしいユリウスが私達の元へとやってきた。

「お待たせ。レーネに近いんだけど離れてくれない？」

「ほら、そもそもユリウスがこれだし」

「は？　何の話？」

私の肩に置いていたアーノルドさんの手を思い切り払いのけると、ユリウスは私を抱き寄せた。

これまでは「出たシスコン」と思っていたものの、今ではそれが少し嬉しいと感じてしまうのだから、やはり自身の変化に戸惑わずにはいられない。

「もう開会式も始まるし、ミレーヌを探しに行こうか」

「うん！　でもすぐ見つかりそうだね」

あれほどの美人で公爵令嬢という立場なのだから、それはもう目立つはず。早く会いたいなと思いながら歩き出すと、再びユリウスに手を絡め取られた。

「今度はいきなり離さないでね。寂しいし」

「あっ、ごめんね」

先程は吉田を見つけ、つい駆け寄ってしまったのだ。

慌ててぎゅっと握り返せば、ユリウスは子供みたいに笑う。さっき公女様へ向けていたものとは、全然違う。

それがやっぱり嬉しくて、つられて笑みがこぼれた。


それからは再び人混みの中を歩いたけれど、先程よりもずっと歩きやすい。ユリウスが常に私を気遣い、壁になってくれているからだと気が付いた。

こういうことを自然とやってのけるからこそ、モテるのだろうと納得する。モテる人は、気遣い上手なのだ。

同時に私がモテない原因も分かってしまった。自然とサラダを取り分けられる女子になりたい。

「……どうしたらモテる人になれるんだろう」

「なに？　レーネちゃんは他の男にも好かれたいの？　そんなに俺を弄んで楽しい？」

「待ってごめん、思いっきり言葉選びを間違えた」

モテたいのではなく気遣い上手になりたいという気持ちから思わず呟いたものの、とんでもないミスをしてしまった。貧弱な己の語彙が恨めしい。

もちろん、ユリウスにはしっかり怒られた。

「ま、また地雷踏んじゃった……」

「最初から分かりきっていたことだろう。見えている地雷はただの爆弾だぞ」

吉田の冷静な突っ込みに、返す言葉もない。

その後、無事にミレーヌ様とも合流し、開会式を終えた私達は五人で山の奥へ足を踏み入れた。

◇◇◇

狩猟大会がスタートし、二時間ほどが経った。

「レーネ、そっちに行ったわよ」

「はい！　――ほっ！」

私達は現在、雪山の中腹辺りで狩りをしている。

山頂へ行けば行くほど、強い魔物がいるんだとか。

吉田父やヴィリー達はまっすぐに山頂を目指していったものの、私達はのんびり楽しくがテーマなため、無理はしない予定だ。

「わあ、また当たった！」

ＴＫＧから放たれた矢は見事に数メートル先の雪兎に突き刺さり、ぱたりと倒れた後は動かなくなった。

「うん、かなりいい感じだね。本当に上手くなった」

「やるじゃないか」

周りからも褒められ、ついつい頬が緩む。

実はこれでもう雪兎を射止めるのは六匹目で、順調すぎるペースらしい。自分でも驚くほどの的中率で、練習を頑張って良かったと嬉しくなる。

息絶えた雪兎に駆け寄ると、魔力でできた矢を引き抜く。同時に矢はさらさらと消えていった。

「よいしょ……うわっ、歯こわ……」

雪兎はふわふわもこもこな可愛らしいボディをしているものの、ものすごく怖い顔をしている。

凶悪な顔の大半を占めている口は大きく裂けていて、鋭利な歯がずらりと並んでいる。可愛さの欠片もない。

人間を襲い大怪我を負わせることもあるようで、容赦なく殺せるとミレーヌ様が以前言っていたのも納得だ。

「レーネちゃん、保存結界を忘れないようにね」

「はっ、そうだ。了解です！」

開会式で配られた小さな宝石を雪兎に載せると、その身体はブォンという音とともに青白い光に包まれた。

これは保存用の結界らしく、こうすることで死体が傷まない上に、私達が狩ったものだと登録されるらしい。

このまま放置しておけば後程スタッフが回収してくれるらしく、私達の荷物になることもない。身軽で狩りを続けられるという、超絶便利システムだ。

「これ、本当に便利だね。でもこの宝石だけでも、すっごいお金がかかってそう」

「シーアスミス公爵家の力や財力を知らしめる機会でもあるからね。それに公爵家からすれば、これくらい大した出費じゃないと思うよ」

「な、なるほど……」

貴族というのはやはり、色々な思惑があるのだろう。それにしてもお金持ちの感覚が桁違いすぎて、一般庶民だった私からすれば驚きが止まらない。

無事に保存を終えて立ち上がると、ミレーヌ様は懐中時計を確認した後、口を開いた。

「もう少し上に行ってみる？　私達の分もさっさと狩っておきたいし」

「そうだね。レーネもまだ狩り足らなかったら、後でまたこの辺りをゆっくり散策しよう」

この辺りにいる魔物は私以外の四人にとっては相手にならず、全員で私のサポートに回ってくれていた。もはや接待狩猟で申し訳なくなる。

「本当にありがとう！　私、みんなと参加できて良かった。今、すっごく楽しくて嬉しい！」

それでも私は楽しくて仕方なくて、満面の笑みを浮かべて素直な気持ちを伝えると、不意にミレーヌ様にぎゅっと抱きしめられた。

柔らかくて信じられないくらい良い香りがして、ドキドキが止まらなくなる。

「レーネはずっと、そのままでいてね」

「えっ？」

「自分の気持ちや感謝を素直に口に出して伝えるって、簡単に見えてとてもすごいことだから」

「は、はい……」

ミレーヌ様の言葉に、何故か胸が締め付けられる。そんな私を見て、ミレーヌ様は羨ましいわと微笑んだ。

以前、ユリウスが言っていた。貴族――特に上位貴族というのは化かし合うものであり、情や本心を見せれば時に命取りになることもあるのだと。

公爵令嬢であるミレーヌ様の立場であれば、尚更足元をすくってやろうという人間も後を立たないだろう。

思っていることを上手く言葉にできず、気持ちを込めて抱きしめ返せば、ミレーヌ様はくすりと笑った。

「ふふ、レーネといると子供の頃に戻ったような気分になるのよね。心が綺麗になる気がする」

「後半はお前の勘違いだよ」

「あらやだ、手が滑っちゃった」

ミレーヌ様の手からものすごい勢いで槍がユリウスへと伸び、ユリウスは笑顔のまますんでの所で避けた。

私だったなら間違いなく、顔のど真ん中に槍がつき刺さっていたに違いない。絶対に避けるだろうという信頼の下でしかできない、恐ろしいスキンシップだ。

「ま、でも前半は同意かな。バカ正直なレーネといると素直になれるんだよね」

「分かるなあ。俺も浄化される気がする」

「お前は絶対に勘違いよ」

「本当にね」

みんなに思い切り否定され、めそめそするアーノルドさんを含めた私達五人は、ゆっくり山を登り始めた。

前世では全くアウトドア派ではなかった私は、こうして雪山を歩くことなんてなく、全てが新鮮だった。山から見える景色は美しくて、空気も美味しい。

「ぜぇ……はぁ……はっ……」

「化け物のような顔をしているが、大丈夫なのか」

「だ、だいじょ、ッハァ……」

ただ、悲しいことに体力が無くて死にそうだった。私以外はすいすい歩いており、情けない。

吉田も心配した表情を浮かべ、こちらを見ていた。

今の私はよほど酷い顔をしているらしく、心配よりも引いている感の方が強い気さえする。

「大丈夫？　抱っこしてあげようか」

「も、申し訳ないので……」

「いいよ。レーネひとりくらい、余裕だから」

「わっ⁉」

化け物フェイスの私をひょいと抱き上げると、お姫様抱っこのままユリウスは歩き出す。本当に軽々と抱かれていて、驚いてしまう。

「ちゃんと首に腕、回してて」

「あ、ありがとう……」

「いいえ」

こんなのときめかない方が無理だと思いながら、恐る恐る首に手を回す。

私達を見て、アーノルドさんは大きな溜め息を吐いた。

「いいなあ、ユリウスは楽しそうで。いきなり大物が出てきて楽しくならないかなあ」

「冗談じゃないわ、今日はそういう気分じゃないの。男達でどうにかしてちょうだい」

「俺はミレーヌが戦ってるところ、見てみたいのに」

ミレーヌ様も大きな赤い槍を軽々と片手に持ちながら歩いており、それだけで格好いい。

ユリウスが剣を振るうところも見たことがないし、吉田は体育祭での剣術のみで、この後はみんなの戦う姿を見れると思うと胸が弾んだ。

アーノルドさんが鞭を振るう姿は見てはいけない気がしていて、少し怖い。間違いなく全年齢ではない。

そんなことを考えながらユリウスに抱かれ、斜面を登っていた時だった。

「……ん？　ぎ、ぎゃあああああ！」

カサカサと木々が揺れる音がして、何気なく振り返った私の口からは大きな悲鳴が漏れた。

木々の間には私の三倍くらいの大きさの、それはもう恐ろしい姿をした熊の魔物がいたからだ。

人間を百人食べてこんなに大きくなりました、という感じの凶悪な見た目に身の毛がよだつ。思わずきつくしがみつけばユリウスは笑い、赤子をあやすように私の背中をぽんぽんと撫でた。

「なんだ、レーネが叫ぶからどんなすごいものが出てくるかと思ったら雑魚《ざこ》じゃん。大丈夫だよ」

「えっ？　あれ、雑魚？　あれが？」

「うん」

即答したユリウスは動揺する私をよそに呑気に魔物を見つめ、その場から動こうともしない。

よくよく見ると慌てているのは私だけで、他の三人も全く動じていなかった。

「ヨシダくん、やりたい？」

「いえ、大丈夫です」

「じゃあ俺がやるね」

「グアアアァ！」

やがて前へ出たアーノルドさんの方に、魔物は口からだらだらと涎《よだれ》を垂らしながら叫び向かっていく。

「大きな声を出して、悪い子だなあ」

アーノルドさんは笑顔でそんなことを言うと、次の瞬間にはもう、魔物の身体が地面に叩きつけられていた。

「…………え？」

「ほらね？」

「いやいやいや……ほらとかじゃなく、えっ……？」

ユリウスは何てことないような様子だけれど、あまりにも一瞬で何が起きたのか分からない。それでも、以前聞いたことがあった。鞭は音速を超えるのだと。

黒い毛に覆われた巨体には全身を張り巡るように鞭が巻き付けられており、先程まではなかった鋭利な棘がぎらりと光っている。

魔物は悶え苦しんでおり、その痛みを想像するだけでお腹がきゅっとした。

「ごめんね、もっと遊んであげたいんだけど今日は時間がないんだ。ばいばい」

アーノルドさんがくいと鞭を持つ手を引くと首元がぎゅっと締まり、短い悲鳴と共に魔物は動かなくなる。

間違いなく敵も悪も魔物の方なのに、私は魔物より助けてくれたはずのアーノルドさんに恐怖を覚えていた。

子供には絶対に見せたくない戦闘シーンだ。そもそも時間があった場合、もっといたぶっていたのだろうか。

「レーネちゃん、保存結界用の宝石もらえる？」

「あっ、は、はい」

「ありがとう。こんなのでも一応、数にはなるしね」

すぐに宝石を渡すとアーノルドさんはひょいと巨体の上に放り投げ、結界が張られたのを確認すると「じゃ、行こうか」と何事もなかったように再び歩き出した。

他のみんなも平然と歩き出し、未だに心臓がバクバクしているのは私だけらしい。

改めてこのメンバーの桁違いの実力を思い知らされ、私も更に頑張らなければとやる気に燃え始めていた。


それからも山を登っていきながら、みんなは軽々と様々な魔物を倒していった。

ユリウスは私を抱えながら片手で倒してみせ、ミレーヌ様もひと突きで息の根を止め、吉田も舞うようにエクセレントナイトソードを振るい簡単に魔物を倒す。

私は抱えられたまま、ただ拍手をしているだけだ。ここまで一方的だと安心して見ていられる。

「ユリウス、そろそろ自分で歩けるよ。ありがとう」

「じゃあ少し先のちょうどいいところで下ろすね」

「ちょうどいいところ……？」

いつまでも抱えてもらっているのも申し訳なく、申し出たところ、やがて斜面が緩やかになったところでユリウスは私を地面に下ろしてくれた。

なるほど、歩きやすいところで下ろしてくれたのかと、紳士っぷりに感謝した時だった。

「ひっ……」

前方から巨大で毒々しい巨大タランチュラみたいな魔物が現れ、口から小さな悲鳴が漏れる。カサカサと複数の足がせわしなく動き、赤い目は不気味に光っていた。

思わず一歩後ずさる私の肩に後ろから両手を置くと、ユリウスは耳元で「落ち着いて」と呟く。

「せっかくの機会だし、サポートするから少し頑張ってみようか。今は怖いかもしれないけど、慣れさえすれば落ち着いて戦えるようになるから」

ユリウスの言う通りだ。一人なら手も足も出ない相手との戦闘経験は、絶対にプラスになる。

これより弱い魔物相手ならば、落ち着いて戦えるようになるはず。

何よりこうして魔物と戦う経験なんて、普段できるものではない。甘やかすだけでなく、私を成長させようとしてくれるユリウスには、感謝してもしきれない。

「大毒蜘蛛はふたつの目の間にある、黒い目が弱点なんだ。そこを狙いさえすれば動きが止まる」

「……わ、分かった」

頷き背負っていたＴＫＧを構えた途端、敵意を感じたのか大毒蜘蛛は私へぎょろりと赤い目を向けた。

そしてこれまでとは比べ物にならないスピードで、こちらへと向かってくる。

――正直、怖くて仕方なかった。あんなの、怖がらないほうがおかしい。

日本の現代社会でぬくぬくと安全な環境で生きてきた私にとって、映画やアニメでしか見たことのないような恐ろしい生き物なのだ。

間違いなくあの魔物は、私なんていとも簡単に殺せてしまうのだろう。

動物園のライオンが檻から飛び出してきて、こちらへ向かってきているようなものだ。腰を抜かさずに立っているだけで褒めてほしいレベルだった。

「……っ」

恐怖により、弓手がぶれる。一方で魔物との距離は確実に縮まり、焦燥感が大きくなっていく。

「大丈夫、レーネには俺が指一本触れさせないから」

けれどユリウスのそんな言葉が耳に届いた瞬間、不思議と落ち着いて身体が一気に軽くなったのが分かった。

同時に矢尻は蜘蛛の目を捉え、すかさず右手を放す。

赤い目の間にしっかりと突き刺さった矢により、大毒蜘蛛は「シャアアア!」と叫び苦しむ様子を見せた。その場から動かなくなり、震えもがいている。

「や、やった……!」

「上手だったね、想像以上だ」

私の肩に再び手を置いたユリウスが褒めてくれて、ほっと息を吐く。

緊張や震えが治まったのは、間違いなくユリウスの先程の言葉のお蔭だった。

失敗したとしても、絶対にユリウスが蜘蛛を倒してくれるという安心があったから、落ち着いて矢を射ることができたのだ。

「ありがとう、ユリウス」

「俺は何もしてないよ。後はとどめを刺さないと」

ユリウスと共に苦しみ続ける蜘蛛の側に行くと、思っていたよりも大きくて毛むくじゃらで、毒々しい爪なんかにぞっとする。

「レーネが得意なのは火魔法だよね？　火をイメージしながら、ゆっくり矢に魔力を込めてみて」

「？　分かった」

初めての指示を不思議に思いながらも、再びＴＫＧを構える。これまではほんの少し意識するだけで、一秒もかからずに矢が現れていたからだ。

集中してユリウスの言う通りにしてみると、火でできた矢はぐんぐんと大きくなり、矢尻の辺りは轟々と燃え盛る火を纏っていく。

「えっ……ええええ……!?」

熱っ！　と反射で手を離しそうになったものの、私自身は熱を感じないようだった。

やがて火を纏う巨大な矢が完成し、動けなくなっていた大蜘蛛は怯える様子を見せている。私だってこんな矢を向けられれば、すぐに死を覚悟するだろう。

自分がこれほどの、なんというか超強そうな矢を生み出せるとは思っておらず、驚いていた。

「いいよ。放って」

ユリウスの声に頷き、矢を放つ。

矢は大蜘蛛の身体の真ん中を貫き、爆音と共に火柱が上がった。

「…………」

あまりの威力に私は声も出ず、ＴＫＧを構えたままその場に立ち尽くしていた。

ユリウスのアドバイスがあったとは言え、私一人で大蜘蛛を倒したなんて、信じられない。

「レーネ、すごいじゃない！」

「お前もやるじゃないか」

「うんうん、びっくりしたよ」

けれど、みんなにも口々に褒められ、少しずつ実感が湧いてくる。

「焦げ臭いから消しちゃうわね、服に臭いがついたら嫌だし」というミレーヌ様があっさりと水魔法で火を消してくれ、辺りは静かになった。

「やったじゃん」

「う、うん！　ＴＫＧって本当にすごいね！」

興奮しつつそう話せば、ユリウスは一瞬きょとんと目を瞬いた後、ふっと口元を緩めた。

「まさか。レーネがずっと頑張ってきたからだよ」

確かにＴＫＧには色々な効果がついているけれど、春先の私では絶対に無理だったし、矢を射ることすらできなかったはずだという。

これまで努力を重ねてきたからこそだと言われ、頭をくしゃりと撫でられ、胸が温かくなった。

ランク試験だけでは分からない部分でも、自分が成長していることを実感し笑みがこぼれる。

同時にワクワクしてもっと挑戦してみたいという気持ちが顔に出ていたのか、ユリウスは「でも」と続けた。

「今みたいな攻撃は魔力をかなり消費するから、自分の魔力量と相談しながら使わないとね」

「なるほど、気を付けます！」

普段自分の魔力量の感覚がさっぱりない私でも、ごっそり減った感覚がする。きっとこれほどの大技は使えても数回程度だろう。

やはりみんなも、こういった必殺技的なものをそれぞれ隠し持っているのだろうか。吉田も剣技に厨二……じゃない、お洒落な技名をつけていそうだ。

「あ、お仲間が怒ってるみたいだよ」

そんなアーノルドさんの声に顔を上げれば、土蜘蛛の大群がわさわさとやってきて、私達を取り囲んだ。そのおぞましい、気持ち悪い光景に眩暈がする。

「私、こういうの本当に無理なのよね。こいつらってなんで生きているのかしら？　さっさと殺しましょう」

氷のように冷たい目をしたミレーヌ様が大きな溜め息を吐き、各々武器を構えた時だった。

「――何、この音」

突如、ゴゴゴゴと大きな地鳴りみたいな音がして、地震の如く地面が揺れる。ユリウスは誰よりも速く動き私を庇うように立つと、アイスブルーの目を細めた。

空気がぴんと張り詰め、魔力感知がからっきしな私ですら、重い魔力に息苦しさすら感じる。

「な、なに……!?」

私達を囲んでいた蜘蛛たちも、逃げ出すように散り散りにこの場から離れていく。

まさに蜘蛛の子を散らす、というのはこういうことだろうと、どこか他人事で妙な感動をした時だった。

「…………え」

目の前には雪山のような白く巨大な影が現れ、見上げた先では大きな二つの金色が光っている。

それが生物だと理解するのに、少しの時間を要した。

「レーネ！」

ユリウスにきつく腕を掴まれ引き寄せられてすぐ、私達が立っていた地面は音を立てて崩れ、足元から深い闇に飲み込まれていった。


大きな音や衝撃が続き、私はひたすら目を閉じユリウスにしがみついていたけれど、やがて全てが止んだ。

恐る恐るゆっくり目を開ければ「大丈夫？」といつも通りの様子のユリウスと目が合って、胸を撫で下ろす。

「……し、死んだかと思った」

「まさか。俺がレーネを死なせるはずないよ」

ユリウスはあっさりとそう言ってのけたけれど、音だけでも人間が無事に生き延びられるような出来事ではなかったのは確かだ。

全てを魔法で跳ね返し続けたらしいけれど、私一人なら間違いなく生き埋めバッドエンドだっただろう。

すぐに辺りを見回せば、五人全員が無事のようで心底安堵した。吉田はミレーヌ様に少し助けられたようで、丁寧にお礼を言っている。

「…………？」

そして私は、先程から上手く言葉にはできない違和感を覚えていた。

雪ではっきり見えないものの、山の中はずっと似たような景色だったと言うのに、この辺りはこれまでいた場所と様子が違う気がする。それに少しだけ、息苦しい。

「色々と言いたいことはあるけど、まずは全員無事で良かったよ。……あー、さむ」

「ええ、でも困ったわね。急に吹雪いてきたわ」

そう、実は先程まですっきり快晴だったというのに、今や空は暗く猛吹雪に見舞われていた。少し先ですら、真っ白で何も見えない。

寒がりなユリウスには堪えるらしく、暖をとるように私を抱きしめている。

ミレーヌ様はポケットから何かを取り出すと、何か魔法を使い雪の中へと飛ばした。

「もしかして、これはもしかしなくても……」

「遭難だな」

「遭難しちゃったね」

吉田とアーノルドさんの声が見事に被る。

とは言え、ここにいるメンバーはみんな私以外、それはもうすごい魔法使いなのだ。たとえ猛吹雪の中でも、山を下るくらいはできるだろうと思っていたのに。

ミレーヌ様とユリウスは真顔のまま、何か考え込む様子を見せている。いつもの二人なら「寒いしさっさと帰ろう」くらい言うはずなのに、嫌な予感がしてしまう。

不安な気持ちのまま腰に回されている腕をぎゅっと掴むと、ユリウスは形の良い眉尻を下げた。

「ああ、ごめんね。不安にさせちゃった？　これからどうすべきか考えていただけだから、大丈夫だよ。絶対にちゃんと家に帰れるようにする」

「……そんなに良くない状況なの？」

「んー、そこそこかな」

普段なら何でも「余裕」と言うユリウスがそう言うのだから、私からすれば超絶大ピンチな状況なのかもしれない。

宿泊研修の際、ドラゴンと密室に閉じ込められた時ですら、余裕綽々《しゃくしゃく》だったのだから。

落ち着かなくなっていると、隣から声を掛けられた。

「お前、気づいていないのか？」

「えっ？　誰？」

「バカ、俺だ」

吹雪でメガネが使い物にならないらしく、吉田はノーメガネ&雪で髪も白くなっていて、一瞬誰かと思った。

そう言えば、さっきまでここにいたアーノルドさんが消えていることにも気付く。どこへ行ったのだろう。

「俺達は今、山頂の辺りにいるんだ」

「ええっ⁉」

驚きすぎて大声が出てしまい、吉田に「うるさい」と怒られてしまう。

けれど、驚くのも当然だ。

だって私達は先程、ベルマン山の中腹辺りにいて、そこから崩れ落ちた地面と共に落下したのだ。

それなのに頂上にいるなんて、間違いなくおかしい。けれどさっき感じた違和感の正体にも、納得した。

高い場所では高い木が生えなくなるというし、空気が薄いのも頷ける。何より標高が上がるほど気温は下がっていくため、ユリウスには辛いだろう。私も寒い。

「ど、どうしてそんな摩訶《まか》不思議なことに……」

「きっと魔物のテリトリーに引きずり込まれたのね」

「魔物って――あ！」

地面が崩れる瞬間、金色の目をした巨大な影を見たことを思い出す。

あれがその魔物だったのだろう。

「な、何だったの、あれ……？」

「……分からないけど、相当な相手なのは確かだ」

ほんの一瞬、間があったことで、ユリウスは相手が何なのか予想はついているのかもしれないと思った。

そんな中、さっき飛ばした鳥のようなものが戻ってきて、ミレーヌ様は大きな溜め息を吐いた。

「予想通り私達、この辺りに閉じ込められているわ。下に向かって進んでも、いつの間にか元いた場所に戻されるみたい」

「えっ⁉」

「ああ、やっぱり」

衝撃の事実を知らせてくれたミレーヌ様も、それを聞いたユリウスも平然とした様子でいる。

吉田は流石に少しだけ焦ったような顔をしていて、私の反応が正常なのだとほっとした。この二人が落ち着きすぎているのだ。

「ねえねえ、あっちに小屋があったよ」

どうやら近くを見回っていたらしいアーノルドさんが戻ってきて、東の方向を指さす。

「…………」

楽しい狩猟大会から一転、ベタな遭難、突然の吹雪、そして怪しい謎の山小屋。珍しく私のヒロインとしての勘が、これは非常に良くない展開だと言っている。

漫画やゲームで一億回は見た、人肌で温め合うというベッタベタの流れだけはやめてほしい。

とは言え、このままでは寒さで体力が消耗するだけだしと、ひとまず全員でその小屋へ向かうことにした。


「はい、あんよがじょうず、あんよがじょうず」

「頼むから遭難させてくれないか？」

メガネがないと何も見えない吉田の手を引き、吹雪の中を歩いていく。私が吉田を助けるという貴重すぎる場面のため、丁寧に誘導しなければ。

「ほら、あれだよ」

一分ほど歩いたところでアーノルドさんが指さした先には、木々に囲まれた山小屋があった。

小屋と言うには広い気もするし、こんな山奥だというのにやけに綺麗だ。どうぞ使ってくださいと言わんばかりの立地の良さにも、少しの違和感を覚えてしまう。

「中は確認した？」

「ううん、まだ」

「ひとまず俺が中を見てくるから、待ってて」

ユリウスはそう言って中へ入っていき、数分後、私達の元へ戻ってきた。

「大丈夫みたい、むしろ快適そうだ」

ひとまず休める場所ができて、安堵する。吉田を連れて三人と共に中へ入ると、高級ホテルかというくらい綺麗だった。私の知っている山小屋とは、明らかに違う。

入ってすぐに広間があり、暖炉の前にはソファやテーブルが置かれ、少し離れた場所にはキッチンがある。

奥にはドアが二つあり、それぞれの部屋にはベッドが一つ、三つある。部屋の広さはほぼ同じなのに、どんな振り分けだと突っ込みたくなった。

「あったかいね」

「ほんとにね。助かった」

すぐに暖炉に魔法で火をつけると、暖かさが広がっていく。ユリウスは私のぴったり隣で丸くなっていて、なんだか猫みたいでかわいい。

この山小屋は掃除も行きわたっており、今日のために公爵様が準備をしてくれていたのかもしれない。とにかく落ち着いて暖を取れる場所があって、命拾いした。

食糧もそれなりにあり、数日は持ちそうだ。

「ミレーヌといくつか結界を張ってきたから、たとえ攻撃を受けてもしばらくは持つはずだし、安心して眠れるよ」

再び外へ行き、戻ってきた二人にお礼を言う。やはり年上の三人がいると安心感が桁違いだ。

もちろん吉田がいるだけでも、私の心の安寧《あんねい》は保たれるけれど。

「じゃあ、ここで助けが来るのを待てば……」

「こういう場合、大抵は俺達がここに閉じ込められているのは外からは気付かないんだ。だから、あの魔物を倒さないと出られない可能性が高いと思うな」

「えっ」

十分身体が温まったのか帽子とコートを脱ぎ、ユリウスは息をつく。つまりあの雪山みたいな巨大な魔物を倒さなければ、いつまでも帰れないらしい。

「まあ、ひとまず朝までゆっくり休みましょう。夜は流石に分が悪いし、お腹もすいちゃったわ」

もうすぐ夕方になるというのに、私達は朝から何も食べていないし、実はずっと空腹だった。

「レーネのお弁当、食べられなくてごめんね」

「ううん、また作るよ」

私の作ってきたお弁当は荷物になるため、一緒に来ていた使用人に預けている。どうかあのお弁当が誰かの胃に入ることを祈らずにはいられない。

ひとまず小屋にあった食料をいただき、今夜は明日からの作戦を立てることとなった。

きっとみんなの家族は心配しているだろうから、なるべく早く帰らなければ。ここにある食糧も長くは持たないし、この雪山では食べ物なんて見つからないだろう。

「なんだか宿泊研修を思い出すなあ。あ、カードゲームもあるよ。みんなでやらない？」

「明日の予定が決まったらね」

シリアスを常にぶち壊してくれる呑気なアーノルドさんのお蔭で、遭難しているというのに場は和やかだ。

「ねえ吉田、大丈夫？」

「ああ。お前と出掛ける時点で、何も起こらないはずはないと思っていたからな」

「そ、そんな……人をトラブルメーカーみたいに……行く先々で必ず大きいトラブルが起きるだけなのに……」

「合っているじゃないか」

けれど裏を返せば、トラブルに見舞われると分かっていながらも一緒に出掛けてくれたのだ。ツンデレ吉田は割と私が好きなのかもしれない。私はもっと好きだ。

やがてテーブルを囲み、五人でソファに腰掛けた。この小屋にはご丁寧に茶葉やティーセットまであったため、吉田が全員分のお茶を淹れてくれている。

ミレーヌ様は優雅な手つきでティーカップに口をつけ「あら、美味しい」と言うと、続けた。

「あの魔物の正体だけど、みんな気付いているわよね」

「まあね」

「うん、驚いたなあ」

「はい」

「えっ……？　あっ……」

待ってほしい。私以外はみんな気付いているようだけれど、私はさっぱり分かっていない。

とは言え、足手まといのくせに「分かりません」と話を遮るわけにはいかず、それっぽい顔をしてミレーヌ様の次の言葉を待つ。

「私も正直なところ半信半疑だったんだけど、さっき小屋の中でとある日記を見つけたの」

ミレーヌ様はそう言うと、小さな古びた手帳を片手でひらひらと掲げた。

「以前、私達と同じようにこの辺りに閉じ込められた冒険者が書いたものみたい。今もアレが生きている時点で、無事ではなさそうだけれど」

「へえ、なんて書いてあんの？」

「何度かあの魔物と交戦した記録が書かれているわ。特徴や弱点とか、色々ね」

なんてご丁寧な百点満点の日記なのだろう。こんな展開、ゲームや漫画などで一億回は見たことがある。

とは言え、私達がこの場から脱出するためには、間違いなくキーアイテムになるだろう。ミレーヌ様はカップをソーサーに置くと、長い足を組み替えた。どこで何をしていても、本当に美しい。

「とにかくこんな場所に長居したくはないし、明日一日でベヒーモスを討伐して帰りましょうか」

「ええっ⁉」

つらっと出てきたベヒーモスという単語に、驚いた私は手に持っていたティーカップを放り投げそうになった。

「べ、ベヒーモスなんですか？　あれ？」

「そうだよ。前に話したよね、白銀のがいるって。噂話かと思っていたけど、本当だったみたい」

元々ベヒーモスというのは、選りすぐりの腕の立つ騎士が大勢で討伐するものらしい。

その上、色違いの変種となると、その強さは未知数なんだとか。そんな怪物相手にここにいる学生達だけで立ち向かわないといけないなんて、とんでもない状況すぎる。

そして私は同時に、学園祭の後にアンナさんから届いた物騒な手紙の内容を思い出していた。

《もうすぐ怖くて大変なイベントがあると思うけど、頑張ってね♡　杏奈は最初そこで何度も失敗して、ロード繰り返したなあ》

これは本当にまずいやつではないだろうか。

「あはは、そんなこの世の終わりみたいな顔しないで」

ユリウスは安心させるように私の手を握ってくれたけれど、冷や汗は止まらない。

——アンナさんは間違いなく『マイラブリン』をやり込んでいた、ガチプレイヤーだ。そんなアンナさんが何度も失敗したなんて、かなりの難易度のはず。

そしてロードを繰り返すほどの失敗があるとなると、変種ベヒーモスを倒すにはヒロインの頑張りが相当必要なのではないだろうか。

あんな巨大な化け物に対して、私に一体何ができると言うのだろう。雪でほとんど見えなかったけれど、それはもう恐ろしい姿をしているに違いない。

恐ろしくてたまらなかった大蜘蛛ですら、ベヒーモスと比べれば赤ん坊のようなものだろう。

何よりこれは現実でセーブもロードもないため、やり直しなんて効かないのだ。これまでで最大のピンチのような気がしてきた。超絶やばい。

「……ううん、大丈夫、絶対に大丈夫」

けれど、私はこれまでできる限りのことをしてきた。

これだけは胸を張って言えるし、現時点のステータスは間違いなく低くはないだろう。きっと打開法があるはずだと自分に言い聞かせる。

何より私には、みんながついているのだ。

「とりあえずみんなこれを読んで、頭に入れておいて。作戦はユリウスが明日の朝までに考えるはずだから」

「はいはい」

ひとまず交代で手帳を読むタイムが始まり、一番最後に読むと宣言した私はその隙に、さっさと寝る支度を済ませることにした。

今日は早朝に起きた上に、普段の数倍運動したのだ。疲れていないはずもなく、先程から眠くて仕方ない。

元々足手まといなのだし、たくさん寝てせめてコンディションだけはバッチリで臨みたいと思いながら、私はバスルームへ向かったのだった。

◇◇◇

「あー、いい湯だった。生き返る」

「ふわあ……次は俺が入るね」

「あ、うん」

私と入れ違いに、欠伸をしながらやってきたユリウスがバスルームへと入っていく。ユリウスも早起きだったため、眠いのだろう。

こんな山奥だというのにトイレはもちろんお風呂も歯磨きセットもばっちりで、ご丁寧にホテルかと言いたくなるようなパジャマ的なものまであった。

お蔭で今すぐベッドに飛び込める、完璧で快適な状態になっている。このまま寝て起きたら遭難など全てが夢だったらいいのにと思いながら、歩いていく。

「ほら、お前の番だぞ」

「ありがとう」

広間に着くとソファに座る吉田に手帳を渡され、受け取った私は吉田の隣に腰を下ろした。

そして早速、手帳を開いて読んでいく。

ところどころに赤黒いシミがあったりして、とても生々しい。

「両手両足だけでなく、長い棘まみれの尾からの攻撃も要注意……うわあ……」

読めば読むほど、私に何かできるとは思えない。

攻撃力が非常に高いらしく、とにかく攻撃を食らわないようにすべきだという。それができたら苦労はしないと思いつつ、ページをめくっていく。

「弱点は角だと思われる……なるほど」

日記の持ち主が片方の角を折ったところ、途端にベヒーモスの様子がおかしくなったという。

苦しむようにもがき、混乱したようにふらつき、明らかに弱体化したんだとか。

「片方の角を少しでこんなに変わるなら、両方折ったらかなり効果ありそうだよね」

「ああ。だが、それも容易ではないだろう」

「確かにね。この手帳も古いし、今頃は角も生え変わって頑丈になってそうだなあ」

うーんと首を捻りながら読み進めていたところ、アーノルドさんが吉田とは反対側の私の隣に腰を下ろした。

「？？？？？？？」

そして恐ろしく自然に私の肩に腕を回し、顔と顔をくっつけて私の手元の手帳を覗き込んだ。

「レーネちゃん、ここ見た？　おかしいよね」

「あの、一番おかしいのはあなたですよ」

まるで恋人が一緒にスマホ画面をいちゃいちゃ見ているような距離感に、私は石像のように固まってしまう。

刺激が強すぎるため「近いです」と言って身体を押しても、「どうしたの？」と今度は手をぎゅっと握られてしまった。どうしたもこうしたもない。

気が付けばぴったりくっつき片手を恋人繋ぎしていると言う、いちゃいちゃ度が上がった体勢になっている。

もはや私はアーノルドさんの華麗なたらし技術に感服すらし始めていた。

これはもう一種の才能だ。やろうと思って、誰にでもできることではない。

「それにこっちのページには――」

「お前さ、俺を怒らせたくてわざとやってるでしょ」

お風呂から上がったらしいユリウスはアーノルドさんの首根っこを掴むと、ソファから引きずり下ろす。

そしてアーノルドさんの頭を容赦なく踏みつけ、冷ややかな笑みを浮かべた。

「明日の作戦はアーノルドを縛り上げて囮《おとり》にして、ベヒーモスを誘き寄せることにするよ」

「分かったわ。殴ったり蹴ったりして、弱らせておいた方がいいんじゃない？　手伝うわ」

「俺、縛られるより縛る方が好きなんだけどな」

二年生組の恐ろしい会話を聞きながら、私は平和でほのぼのした一年生組で良かったとしみじみ思っていた。

ユリウスは私の隣に腰を下ろし、大きな欠伸をする。

「髪、ちゃんと乾かさないと風邪ひくよ」

「じゃあレーネがやって」

「明日の髪型、どうなっても知らないからね」

前回の旅行でヴィリーの髪を乾かしてあげようとして失敗したことを思い出し、ユリウスをあんな逆立ちヘアーにする訳にはいかないと緊張しながら風魔法を使う。

それでもこの短期間で成長していたらしく、時間はかかりそうだけど、ほわほわと乾かすことができていた。片手で魔法を扱い、もう片方の手で髪を撫でていく。

「ねえこれ、毎日やってほしいな」

「それはやだ」

「お願い。じゃないと俺、風邪引いちゃうかも」

「…………」

急にタチの悪い子供のような脅しをかけてくるユリウスを無視していると、私達のやりとりを見ていたらしいミレーヌ様がくすりと笑った。

「ふふ、恋人同士みたいだこと」

「そうなれたらいいんだけどね」

「あら、そうなの？」

全く驚いた声色ではないものの、ミレーヌ様は口元に手をあて驚いたポーズをしてみせる。いついかなる時も超絶かわいい。

「うん。俺、レーネのこと好きだから」

ユリウスがそう言った瞬間、私が大いに動揺したせいで頭の上で小さな竜巻が発生した。

まさか堂々と人前で告白されるとは思わず、顔が熱くなっていく。一方、ユリウスはいつも通りの平然とした様子で「なんか頭痛いんだけど」と首を傾げている。

「そんなの、ここにいる誰もが知ってるでしょうに」

「やっぱり？　血も繋がってないんだ、俺達」

「あら、それは初耳だったわ」

ミレーヌ様は「良かったじゃない」「確かに全く似てないものね、ユリウスと違ってレーネはかわいいし」なんて言い、やはり全く驚く様子はなかった。

吉田には私から話してあるし、アーノルドさんはユリウスから聞いていたのか、うんうんと頷いている。

「じゃあ、俺達は寝るから」

「うん？」

動揺しながらもなんとか髪が乾いたところでユリウスは立ち上がり、私の手を取った。

恥ずかしくなった私もこの場から離れてさっさと寝ようと思い、立ち上がる。そして二つある寝室のうち、ベッドが一つある部屋に入ろうとしたのだけれど。

「いやいや、おかしくない？」

「何が？」

「普通、ミレーヌ様と私じゃ……」

何故かユリウスも一緒に入ろうとしたため、私は慌てて足を止めた。二、三に別れる場合、どう考えてもこの組み合わせしかないだろう。

「ああ、気にしなくていいわよ。私ベッドは一人で使いたいタイプだし、この二人と同室でも問題ないわ」

けれどソファに座ったままミレーヌ様は、ひらひらと片手を振り、そんなことを言ってのける。嫁入り前の公爵令嬢とは思えない自由さだ。

「俺はお任せします」

「えー、俺はミレーヌじゃなくてレーネちゃんと同室が良かったなあ」

「アーノルドは黙りなさい」

「本当にね。じゃ、おやすみ」

「ま、待った！」

ユリウスは私の腕を引いて寝室へ入っていこうとしたため、もう一方の手で慌ててドア枠にしがみついた。

これまでユリウスと何度も一緒に寝たことはあったけれど、今は違う。

ユリウスと血が繋がっていない上に好きだと言われ、私も思い切り異性だと意識してしまっている状況では、まともに眠れる気がしない。

そう思った私は「よ、吉田！」と救いを求めた。

「私、吉田と寝るので！」

「は？」

「なに？　ヨシダくん、どういうこと？」

「それは俺が聞きたいです」

ミレーヌ様は一人で寝たい、アーノルドさんはもちろん選択肢になく、そうなると吉田と寝るのが一番良い。

吉田となら同じベッドでも問題もないし、健全だろう。お姉さんにバレた場合、困るだけだ。

「ほら、この間も一緒に寝たし！　ね！」

「は？　ヨシダくんは俺の味方だと思ってたのにな」

「全て誤解ですし、俺は被害者です」

「そう、それなら良かった。これからもよろしくね」

「ああああああ！」

私は寝室に引きずり込まれ、無情にもドアは閉まる。

その瞬間、ドアの隙間からは呆れたような顔をする吉田と、やけに楽しそうな表情を浮かべる二人が見えた。

「さ、寝よっか」

ベッドへ運ばれてそっと降ろされ、ユリウスはすぐ隣に寝転がると肘をつき、私を笑顔で見下ろしている。

部屋の中はベッドサイドの小さな灯りのみで薄暗いものの、あまりにも距離が近くはっきりと顔が見えてしまうせいで、心臓の鼓動が速くなっていく。

私はもう逃げられないだろうと覚悟し、目を閉じて毛布を口のあたりまで被った。

とにかく寝るしかない。

「もう寝ちゃうんだ？　寂しいな」

「寝よっか、って今言ったの誰ですか？」

「俺、面倒くさいでしょ。レーネに構ってほしくて必死なんだ」

「…………」

そう言って私の頬を楽しげにつつく様子からは、必死さなど微塵《みじん》も見えない。

それでも、今日はユリウスにたくさん助けられたのも事実なのだ。話くらいなら付き合おうと、小さく寝返りを打ってユリウスに向き直った。

「あと十分だけお喋りしよう」

「あはは、レーネちゃんは優しいね。ありがとう」

ユリウスはそう言うと、子供みたいに笑う。

「なんでヨシダくんは良くて、俺はダメだったの？」

「えっ、そ、それはですね……」

「ヨシダくんだって血は繋がってないし、男だよ」

「だって吉田は友達だし、そういうのじゃないし」

「へえ？　じゃあ俺は『そういうの』なんだ？」

いきなり核心をつかれ、どきりとしてしまう。

このまま話していると、ペースに乗せられて余計なことを色々と漏らしてしまいそうだ。

「俺はそうだよ。レーネ以外とこんな風に二人きりになっても、一緒に寝ても緊張なんてしない」

「う、うそだ！　ぜ、絶対に緊張なんてしてない」

「本当なのに。ま、そう思っててもいいけど」

余裕たっぷりな表情で綺麗に口角を上げると、ユリウスは「ねえ」と再び口を開いた。

「レーネって結構、もう俺のこと好きだよね」

「……っ」

そう告げられた瞬間、私は息を呑んだ。何か言わなくちゃと思っても、言葉が出てこない。

だって、「違う」なんて言えるはずがなかった。

ユリウスの言っていることが間違っているとは、とても思えなかったからだ。

けれど、「そうだよ」とも言えなかった。

私がそう答えてしまえばきっと、何もかもが変わってしまう。まだこの関係を変えるのは少しだけ怖くて、寂しいと思ってしまった。

多分、私はこの世界で初めてできた「家族」としてのユリウスも大好きだからだろう。そんな私の気持ちを見透かしたように、ユリウスは柔らかく目を細めた。

「いいよ、お子様なレーネちゃんのためにもう少しだけ待ってあげる」

「……も、もう少しってどれくらい？」

「本当に少しだけね。俺、我慢とか苦手だから」

確かに我慢なんてしなくても、何もかも上手くいくような顔をしていると納得してしまう。

ユリウスは私にさらに顔を近付けると、私の額に自身の額をくっつける。

アイスブルーの瞳に映る私は、今まで見たことのないような、女の子の顔をしていた。

「もっと俺を意識して、俺だけを見て、誤魔化せないくらい俺を好きでどうしようもなくなって」

お願いね、なんてユリウスは言ったけれど、こんなのは絶対にお願いではない。呪いに近い気さえする。ユリウスが言うと、全て本当になってしまいそうだった。

「抱きしめてもいい？」

「む、無理です」

「この部屋寒くて辛いんだよね。風邪引いちゃうかも」

「…………は、反対向いていいなら」

本当にずるいと思う。ユリウスが寒がりなのは知っているし仕方なくそう答えれば、ふっと楽しげに笑った。

「本当にレーネは優しいね。みんなが好きになったら困るから、俺以外に優しくしないで」

「私、モテないよ」

「みんな見る目がないんだよ。俺は好都合だけど」

当然のようにそう言うと、ユリウスは背中を向けた私をぎゅっと抱きしめた。体温が温かくて、心地良い。

きっとそう思えるのは、相手がユリウスだからということも分かっている。

「ありがとう、すごく温かいな。おやすみ」

「………おやすみ」

「動揺しすぎ、これ以上は何もしないから大丈夫だよ」

「な、何もって……」

「色々したいけど、明日は割と大変そうだし」

「ああああ」

色々と想像し、顔から火が出そうになる。

やっぱり私にはまだ恋なんて早い——と言うより、ユリウス・ウェインライトという人を相手に恋をするなんて早すぎたのだと思いながら、きつく目を閉じた。


翌朝、目が覚めた瞬間、視界に飛び込んできたのはユリウスの綺麗な白い首筋で、私の口からは「ひっ」と小さな悲鳴が漏れた。

背を向けていたはずなのに、いつの間にか向かい合い、抱きしめられる形で眠っていたらしい。

こんなの絶対眠れないと思っていたのに、私はあっさりぐっすり眠っていたようだった。乙女力が低すぎる。

「…………」

恐る恐る見上げれば、静かに寝息を立てて眠るユリウスの寝顔があった。銀色の長い睫毛がカーテンの隙間から差し込む朝日によって、キラキラと輝いている。

あまりに綺麗で、思わず見入ってしまう。至近距離で眺めても文句のつけようがない美しさに、こんなの誰だって惹かれてしまうだろうなと納得したりした。

「……う、うわあ⁉」

色々なドキドキですっかり目が覚めた私は、そろりとユリウスの腕の中から抜け出そうとしたものの、不意にきつく抱きしめられ、間抜けな声を出してしまった。

「おはよ」

「お、おはようございます！！！」

「朝から元気だね」

ユリウスは寝起きとは思えないくらい眩しく微笑み、「あと五分」なんて言って私の肩に顔を埋める。

普段、寝起きはいいはずなのにと思っていたものの、私は体温が高いため、くっついてると眠くなるらしい。

「それに次、いつ一緒に寝てくれるか分からないし」

恐ろしい。

「もう二度と寝ません」

「そのうちレーネから言わせるけどね」

「こ、こわ……」

その自信がどこから湧いてくるのか気になるけれど、ユリウスが言うとやはり本当になりそうで恐ろしい。

そんなこんなで二人で寝室を出れば、広間には吉田とミレーヌ様の姿があった。同じく朝から輝いている二人は朝食の準備をしてくれており、もうすぐ完成らしい。

「ちょうどいいわ。ユリウス、少し外を見てきて」

「無理」

「一番魔力感知に長けているんだから、さっさと異変がないかどうか見てきなさいよ」

「絶対寒いし嫌なんだけど」

「いいから早く」

ユリウスは大袈裟に溜め息を吐くと、大人しくコートを羽織って外へと出ていく。ユリウスをこんな風に使えるのはきっと、ミレーヌ様だけだろう。

そう言えば、アーノルドさんの姿がない。なんとなく朝が弱そうなイメージがあるし、朝食の時間だから起こしてあげようと、私は何気なく寝室その二のドアを開ける。

そしてやけに肌色が多いベッドの上を見た瞬間、私は小屋の外まで響き渡るほどの大きな悲鳴を上げていた。

◇◇◇

支度を終えて小屋の外に出ると、昨日の吹雪が嘘みたいに空は晴れ渡っていた。これなら吉田のメガネも曇らず問題なさそうで、ほっとする。

まずはベヒーモスを探し出すため、魔力の気配を辿りながら雪山を歩いていくこととなった。

「ねえレーネちゃん、お菓子たべる？」

「いりません。あっちに行ってください」

「俺、寝る時は裸派なんだ」

「聞いてません」

そう、起こしに行ったところ裸のアーノルドさんを見てしまうという、ショッキングな出来事が起きたのだ。

昨晩、そんな状態のアーノルドさんと同室で普通に寝ていた吉田とミレーヌ様のメンタルがすごすぎる。

「は、初めてあんな……男性のは、裸を見てしまって……もうお嫁に行けない……」

「ごめんね、責任とって俺がレーネちゃんと結婚するから」

「アーノルドお前、俺のこと本当は嫌いでしょ？　それか本気で自殺願望ある？」

「まさか。ユリウスはお義兄さんになるんだし」

「死ね」

アーノルドさん、知れば知るほど本当に様子がおかしい。アンナさんは最推しだと言っていたけれど、アーノルドさんルートだけは恐ろしくてプレイできそうにない。

そもそも、全年齢の枠に収まるかどうかも怪しいところだ。

「南の方角だね」

アーノルドさんを生き埋めにしたユリウスは雪の中をまっすぐに進んでいき、私達もその後をついていく。

どうやらみんなは、はっきりとベヒーモスのとてつもなく強い魔力を感じるらしい。

ちなみに私はお恥ずかしながら「なんか嫌な感じがするなあ」程度だ。

けれど、少しずつ気配が強くなっているのは分かる。だんだん緊張してきて、私は吉田のコートを掴んだ。

「ねえ、吉田は緊張してないの？」

「していないと言えば嘘になる。流石にこれまで見てきた魔物の中だと、一番の相手だろうしな」

騎士団長の吉田父と狩猟大会以外でも何度も魔物の討伐をしたことがあるらしいものの、やはりベヒーモスのような相手は初めてだという。

私達の会話を聞いていたらしいアーノルドさんは「うんうん、いい経験になりそうだね」と呑気に笑っている。いつの間に復活したのだろう。

「ま、結局は戦ってみないと分からないし、俺達三人で体力を削りながら、とにかく角を狙っていく感じで」

「結局、殴るしかなさそうね」

「楽しみだなあ、どれくらい強いんだろう」

私は危ないから吉田と少し離れたところで待機しているよう、きつく言われてしまった。

ヒロインというポジションを考えると本当に何もしないで大丈夫なのか気になるけれど、ひとまずは言う通りにして、様子を見ようと思う。


小屋を出てから、三十分ほど歩いただろうか。やがてユリウスは足を止め、口角を上げた。

「――ああ、あれだ」

その視線を辿った私は、ひゅっと息を呑む。隣を歩いていた吉田の喉元も、ごくりと動いたのが分かった。

白銀の毛に覆われた身体は、首が痛くなるほど見上げなければ視界に捉えられないほど大きく、私が生きてきた中で一番恐ろしい姿をしていた。

遠目でも分かるほど全身が筋肉でこぶのように盛り上がっており、その手足から繰り出される攻撃を一度でも食らえば即死するだろうと、容易に想像できる。

両目の上には日記に書かれていた通り巨大な太い二本の角が生えていたものの、あれを折るなんて本当に可能なのかと絶望に似た感情を抱いてしまう。

私達の存在に気付いたらしく、ベヒーモスの金色の目がぎょろりとこちらを向いた。

「グルアアアァ！」

同時に耳をつんざくような咆哮《ほうこう》が辺りに響き、思わず両耳を手で覆う。

腰が抜けそうになり、私はもうその場に立っているだけで精一杯だった。それでも、ユリウスやアーノルドさんは不安どころか楽しげな様子で、流石としか言いようがない。

「じゃ、行ってくるからここで待ってて」

「ほ、本当に本当に、気をつけてね」

ユリウスは私の頭をくしゃりと撫でると、アーノルドさんとミレーヌ様と共にベヒーモスへまっすぐ向かっていく。

怪我がないよう祈りながら、両手を握りしめた。ただ見ているだけなのは心苦しいけれど、私が加勢したところで足を引っ張るのは目に見えている。

——そう、思っていたのに。


「ど、どうして……」

それから数時間が経っても、ベヒーモスとの戦いは続いていた。ユリウス達は休みなく攻撃を続けており、ベヒーモス側も明らかに弱ってきているのが分かる。

それでも致命的なダメージを与えられていない上に、消耗しているのはこちらも同じだった。

そしてそれは、弱点だという角を折ることができていないからだろう。

「ねえ、角って何でできてんの？　今の一撃でも折れないって、流石におかしいと思うんだけど」

「私だって本来ならもう、五回は折ってるはずよ」

三人も角に対して集中的に、かなりの威力の攻撃を繰り出しているのに、びくともしないのだ。

それ以外の部位には攻撃が通るというのに、明らかにおかしい。

やはり誰もが違和感を覚えているようで、不穏な空気が漂っている。このままでは、こちらの体力と魔力が削られていくばかりだ。

身体は普通に傷付くのに、弱点の角だけどうしてほぼ無傷なんだろう……としばらく考えていた私は、ふと最低最悪な仮説に行きあたってしまった。

「――まさか」

そんな馬鹿なことがあってたまるかと思っても、このクソゲー世界ではどんなふざけた展開もありえてしまうから、心底嫌になる。

私はどうかこの予想が外れていいてほしいと心底願いながら、背負っていたTKGを構えた。

「おい、お前一体何を……」

隣でもどかしげに三人の戦闘を見守っていた吉田が、突然弓を構えた私を見て、戸惑いの声を漏らす。

何度か深呼吸をすると、私は狙いをベヒーモスの角へと定めた。

激しい動きをしているため、なかなかタイミングを掴めずにいたけれど、ユリウスが剣で前脚を切り裂いたことでベヒーモスはバランスを崩し、片脚をつく。

その隙を見逃さまいと、私はすかさず矢を放った。

「――レーネ？」

私の行動に、三人も驚いた表情を浮かべる。

けれど次の瞬間には、私を含めた全員が更に驚くこととなる。

「う、うそでしょ……」

これまでどんな攻撃にもびくともしなかった角は、何故か私の矢が当たったことで、先が少し折れたからだ。恐れていたことが、あっさり現実となってしまった。

「……お前、今何をしたんだ？」

「ふ、普通に矢を放っただけです……」

一部始終を見ていた吉田も、かなり驚いている。三人も武器を握る手を止め、同じような顔で私を見ていた。

それもそうだろう、私よりもずっと強い三人の攻撃でびくともしなかったのに、私の矢ひとつで簡単に折れたのだから。誰が見たって異常事態だ。

それでも三人の攻撃により限界が近づいていたところに、偶然当てたのかとも思ったけれど。

「あれ、やっぱり俺じゃダメみたいだ」

角が折れ苦しむベヒーモスに、アーノルドさんはすかさず同じ場所に攻撃をしたものの、やはり変化はない。

確認の意味を込めて私は再び矢を放ち、掠った結果、なんとまたもや欠けたことで、予想は確信へと変わる。

「いや、いやいやいや……ないない……うそ、うそだ」

現実を受け入れられない、受け入れたくない私の口は脈絡のない否定の言葉ばかりを紡ぐ。だって、こんなのどうかしているとしか思えない。

ベヒーモスの弱点の角には、私の攻撃しか効かないなんてこと、絶対に信じたくなかった。

けれど心のどこかで納得もしていた。アンナさんの話と辻褄が合うし、めちゃくちゃご都合感のあるヒロイン特効だと。こんな雑な見せ場、欲しくなかった。

その上、当たらなければ意味がないのだ。今の感覚からして、矢が当たりやすくなっているといった、一番欲しいオプションは付いていないようだった。

とは言え、戸惑っている場合ではない。きっと私があの角を両方折らないと、この戦いは終わらないはず。

いきなり責任重大すぎて私の心臓は先程からずっと、嫌な大きな音を立て続けている。

そして私よりもずっと頭の良いみんなは、理屈は分からずとも、今すべきことを瞬時に理解したようだった。

「ユリウス、レーネを連れてきてちょうだい。絶対に怪我はさせないように」

「分かってる」

ミレーヌ様の言葉に同意し、側へやってきたユリウスは、私の手を取った。その手のひらは今朝とは違い傷だらけで、胸が締め付けられる。

「ごめんね。本当は俺達で何とかするつもりだったんだけど、そうはいかないみたいだ。一緒に頑張ってくれる？」

「う、うん！　もちろん！」

「絶対にレーネは俺が守るから」

私は深く頷くと、ユリウスの手をそっと握り返す。やがてユリウスは吉田へと視線を向けた。

「ヨシダくんもお願いできるかな」

「もちろんです」

今はアーノルドさんがベヒーモスの相手をしており、私達はミレーヌ様の元へと駆け寄る。

「理由は分からないけれど、何故かあの角にはレーネの攻撃しか効かないみたいなの。お願いできるかしら？」

「はい、頑張ります！」

「ありがとう。とにかく私達はレーネが狙いやすくなるように、あいつの動きを止めましょう」

「うん、そうだね」

「分かりました」

四人同時に両手足を攻撃し、ベヒーモスがダウンした瞬間を狙うことになった。様子を見ていた限り回復能力も高いため、タイミングは本当に一瞬だろう。

私はユリウスの少し後ろで、弓を構える。

——最初の矢は、間違いなく良い場所に当たった。

それでも先が少し折れただけだったということは、単純に威力が足りなかったのだろう。大蜘蛛を倒した時のように、魔力をしっかりと込める必要がありそうだ。

難易度がさらに上がったものの、やはりやるしかないと腹を括る。ベヒーモスには何の属性が一番効くのか分からないし、ここは火魔法でいくことにした。

前回の感覚を思い出しながら全力で魔力を込めれば、ぶわりと矢尻が燃え上がる。

ミレーヌ様の合図を皮切りに四人はベヒーモスの両手足を狙い、凄まじい攻撃を連続して繰り出していく。

私は呼吸を整え、ひたすらタイミングを待つ。

「――っ！」

やがてベヒーモスの動きが止まり、今しかないと思った私は息を止め、思い切り矢を放った。

矢は右側の角の真ん中を貫き、ごとんと大きな音を立て、角の上半分は地面に転がり落ちた。

「や、やった……！」

安堵したのも束の間、ベヒーモスの断末魔の絶叫が木霊し、あまりの轟音に全身が痺れるような感覚がする。

「グルアアアァァアア!!」

「ひっ……」

ベヒーモスは痛みや苦しみから力の限り暴れ回り、地震みたいに地面が揺れ、思わずバランスを崩した私の腕をユリウスが掴み支えてくれた。

「今の、すごく良かったよ。惚れ直しそう」

「じ、冗談言ってる場合じゃないから！」

「あはは、本気なのに」

ユリウスはそう言って笑うと私から手を離し、血が滴《したた》る長剣を再び構える。

状況が状況なだけに黙っていたけれど、剣を振るう姿は誰よりも綺麗で格好良かった。

「本当、暴れんぼうさんだなあ。俺、もうあちこちが痛いし後はヨシダくんに任せようかな」

「無理を言わないでください」

「私だっていい加減、魔力が切れそうよ」

「二人とも情けないね」

「ユリウスの魔力量が異常なのよ。それに自分だって、右手はもうボロボロなくせに」

「あ、バレてた？」

呆れた顔のミレーヌ様の言葉で、先程ユリウスの剣から滴っていた血はベヒーモスだけのものではないと気付いてしまった。みんなの限界も、確実に近づいている。

「ま、俺も体力は無限じゃないから、次で決めたいな」

私もきっと今の威力の攻撃は、あと一度が限界だ。

魔力が切れるだけでなく、手も痺れ始めていた。

「レーネ、行けそう？」

「うん、大丈夫」

こくりと頷き、私はベヒーモスに向き直る。

「グルァァァア！」

「アーノルド、吉田、しっかり押さえて！」

「それは分かってるんだけど、すごい力でさあ……いてて……」

ベヒーモスは私が最も危険だと判断したのか、私を殺そうと躍起《やっき》になっているようだった。

全身の血が凍りつきそうなほどの殺気を浴び、生理的な涙が滲む。

もちろん怖いし、今すぐ逃げ出したくてたまらない。

それでも、これまでレーネ・ウェインライトとして必死に積み重ねてきた努力と、みんなが――ユリウスがついているという安心感が、私を支えてくれていた。

震えを押さえつけるようにきつく唇を噛むと、私はもう一度弓を構えた。

ありったけの魔力を込めれば、矢は轟々と燃え盛っていく。腕の痛みは無視して、私は弓を引き絞った。

吉田はエクセレントナイトソードでヘビーモスの左脚の腱を切り、アーノルドさんは鞭で右脚を千切れそうなほど締め付けている。

ミレーヌ様は巨大な槍で左腕を貫き、ユリウスは長剣を振り切り、右腕を完全に切り落とした。

「グァァア……グォォオオ……！」

そしてベヒーモスが身体を強ばらせた隙――みんなが作ってくれたチャンスを逃さず、矢を解放する。

「レーネ！」

「っお願い――――！」

ユリウスの声と同時に放った矢が根元に命中し、角はばきばきとヒビ割れた末、散らばった。

ベヒーモスの巨体はふらつき、地面に倒れ込む。先程までの勢いは失っており、弱々しい。

「……や、やった…………？」

どっと押し寄せる安心感により腰が抜け、ＴＫＧを握りしめたまま地面にへたり込む。

「ありがとう。後は俺に任せて」

口角を上げたユリウスは地面を蹴り、のたうち回るベヒーモスの胸元に深く剣を突き立てた。

しばらくベヒーモスの獣のような叫び声が響き渡っていたけれど、やがて先程までの過酷な戦いが嘘みたいに辺りはしんと静寂に包まれた。

「…………」

地面に倒れた巨体の周りにはじわじわと血溜まりが広がっていき、ベヒーモスは金色の目を見開いたまま、ぴくりとも動かない。

ユリウスはずるりと剣を引き抜き、息をついた。

「あー、久しぶりにこんな疲れたかも」

そのままベヒーモスの死体からひょいと降りると、座り込んだまま呆然とする私の元へとやってきて、目線を合わせるようにしゃがみ込む。

次の瞬間には左腕できつく抱きしめられており、その大好きな体温に視界が滲んだ。

「お疲れ様、頑張ったね」

「わ、私より、ユリウスやみんなの方が、たくさん頑張ってくれたよ！　本当にありがとう！」

私はただ安全な場所から、みんなの作ってくれたタイミングに合わせて矢を射るだけだった。

命の危険と隣り合わせの中、みんなが戦い抜いてくれたからこそ、変種べヒーモスという恐ろしい敵を倒せたのだ。

とにかく全てが終わって良かったと、脱力した私はユリウスの肩にぽすりと頭を預けた。

「……本当に、良かった」

とは言え、私自身も頑張ったのは事実だし、ユリウスが無事だったことも嬉しくて、なんだか甘えたい気持ちになって、すり、と小さく頬ずりしてみる。

するとユリウスは動揺したように、ほんの一瞬、身体を強ばらせた。

「かわいいんだけど、なに？　俺をどうしたいの？」

「ユリウス、レーネ、楽しげにいちゃいちゃしているところ悪いけれど、さっさと下山するわよ」

「はっ、すみません！」

「邪魔しないでくれないかな」

いつの間にか二人きりの世界的なものを作ってしまっていたようで、慌てて顔を上げる。

人前でこんなことをするなんてと照れていると、ミレーヌ様はくすりと笑い、頭をよしよしと撫でてくれた。

激しい戦いによりどんなに服が汚れていても、傷ついていても、やはりミレーヌ様は綺麗だった。

「レーネと吉田を戦わせたくはなかったんだけれど、巻き込んでしまってごめんなさい」

「そんな！　本当に本当に、ありがとうございました」

ミレーヌ様と私達はたった一歳しか変わらないというのに、その優しさや責任感、気高さなど何もかもに心底憧れてしまう。

前線で戦う姿も本当に格好良くて、いつかミレーヌ様みたいになりたいと思った。なりたいというのは流石に烏滸《おこ》がましいため、近づきたいくらいにしておく。

「吉田もよく頑張ってくれたわ、ありがとう」

「……いえ」

次にミレーヌ様は吉田の頭を撫で、吉田も流石に照れたのか、くいとメガネを押し上げた。

美女に撫でられて照れるとはピュアボーイ吉田め、やはり可愛いところがある。

「それにしても、何でレーネの攻撃だけがベヒーモスに効いたんだろうね」

「な、何でだろう、やっぱりＴＫＧのおかげかな？」

まさか私がヒロインだからです、なんて意味の分からない理由を説明する訳にもいかず、誤魔化すほかない。

そんな中、「ねえねえ」と呑気なアーノルドさんの声と共に、ざくざくと雪を踏みしめる音が聞こえてきた。

「俺の腕、なんか大変なことになってるんだけど」

「えっ……ぎ、ぎゃあああああ！」

笑顔でこちらへやってきたアーノルドさんの腕は存在してはならない場所に関節が増え、本来曲がるはずのない方向へ思い切り曲がっている。

私は絶叫し、吉田は引いた顔をして数歩後ずさった。

どう考えても痛いとかいう次元ではないし、ホラーな光景に思わずユリウスにしがみつく。

すると今度はユリウスが「……っ」と小さく呻いた。

「ど、どうかした？　大丈夫？」

「格好つけているだけで、ユリウスもボロボロなのよ。一番ダメージを与えていたし」

「お前さ、ほんと空気読んでくれない？」

ユリウスは苦笑いを浮かべると左手で私の腕を掴み、立ち上がる。右手は特に痛むようで、下ろしたまま。

それ以外の部分も複数怪我をしているようで、私もジェニーのように治癒魔法が使えたら良かったのにと、思わずにはいられない。

「とりあえず帰ろっか。アーノルドの腕もあれだし」

「うん、そうだね！」

「すごく痛いなあ。レーネちゃん、慰めて」

「よ、よしよし……」

流石のユリウスもアーノルドさんの腕を心配しているようで、私も慰めずにはいられない。

「レーネ、ベヒーモスに保存結界用の宝石だけお願い」

「あ、そっか！　そうだよね」

「間違いなく私達が今年一番でしょうね。むしろ過去と今後合わせても、一番じゃないかしら？」

すっかり生き延びることに必死で、狩猟大会のことは頭から吹っ飛んでいた。変種ベヒーモスなんて滅多にお目にかかれない上に、倒すなんて普通は無理だろう。

すぐに小さな宝石を取り出し、もう動かないとは分かっていても恐る恐るベヒーモスに近づき足先に載せる。

するとブォンという軽い音と共に、その巨体は青白い光に包まれた。このサイズも大丈夫なのかと心配していたけれど、どうやら余裕らしい。魔法ってすごい。

「ふふ、のんびり雪兎狩りなんて、全然違ったね」

本当に散々な目に遭ったと私達は五人で顔を見合わせて笑い、魔法で一気に下山したのだった。

◇◇◇

「じゃじゃーん！　どう、似合う？　かわいい？」

「うん。世界一かわいいよ」

「……ごめん、冗談で聞いたのに普通に同意されて恥ずかしくなってきた。忘れて」

「なにそれ」

翌日、ウェインライト伯爵邸の自室にて、私は大きなサファイアが輝くティアラを頭に乗せ、ユリウスに見せびらかしていた。

ソファで隣に座るユリウスは、笑顔でぱちぱちと拍手をしてくれている。

——これは今回の狩猟大会にて、雪の女王へ与えられたものだ。流石のクオリティで、改めてシアースミス公爵家の力を思い知らされる。

「本当に私で良かったのかな」

「うん、全員がレーネにって言ってたし」

私達が遭難していたことで閉会式は行われておらず、結果、ベヒーモスが一番の獲物となった。

まさか実在するとは誰もが思っていなかったこと、学生の私達だけで倒したことで騒然となり、なんと今朝の新聞にまで取り上げられたそうだ。なんだか有名人になったみたいで気恥ずかしい。

とは言え、ヴィリー兄弟や公爵様や吉田父らは必死に捜索してくれていたみたいで、私達は悪くないものの、それだけは申し訳なくなった。

そして無事に治療を受けた後に行われた閉会式で、チームのみんなは私を雪の女王にと言ってくれたのだ。ユリウスの怪我もアーノルドさんの腕も治って、本当に良かった。

怪我は治ってもやはり疲れは溜まっており、今日はゆっくりして過ごそうと約束している。

「それ、嬉しい？」

「うん。狩猟大会、すっごく楽しかったよ！　もう二度とあんな怖い目には遭いたくないけど」

「本当に？　レーネがそう思えたなら良かった」

ベヒーモスの件は思い出すのも嫌だけれど、それ以外は全部全部楽しかった。それはもちろん一緒に参加してくれたみんなのお蔭で、改めて大好きだと実感する。

「ユリウスもありがとう。とっても格好良かった！」

「好きになった？」

「うっ……す、少しなったかもしれない」

「あはは、嬉しいな。ベヒーモスに感謝しないと」

「もう」

ユリウスはこうしてふざけているけれど、実際あの時は痛みも苦しみも相当感じていたはずだ。それでも私を心配させまいと、ずっといつも通りの様子で振る舞ってくれていた。本当にユリウスこそ、世界で一番格好いいと私は思っている。

「あ、そうだ。ＴＫＧのこともあるし、何かお礼をしたいんだけど、何がいい？」

後日、他の三人にもお礼をしたいなと思いながら、そう尋ねてみる。ユリウスは少しだけ考え込む様子を見せた後、にっこり微笑んだ。

この顔をするときは大体、よくないことを考えている時だと私は知っている。

「キスしてほしいな」

「うん、分かった」

「――――え」

ユリウスの顔に手を伸ばし、そのまま頬に唇をほんの一瞬だけ押し当てる。こういうのは勢いでしないとダメな気がして、すかさず行動に移した。

私が本当にするとは思っていなかったようで、本気で驚いたのかぽかんとした表情を浮かべ、目を瞬いている。

ユリウスのこんな様子はとてもレアで、逃げ出したくなるくらいの照れも吹き飛び、思わず笑みがこぼれた。

「ふふ、変な顔——ってわ、っ！」

けれどあっという間にソファの上に押し倒され、形勢逆転してしまう。私を見下ろすユリウスの顔にはもう、照れなんてなくなっていた。

「今のは反則じゃないかな。俺もしていい？」

「そ、それは違うしダメ」

「やーだ」

「ごめんなさい調子に乗りました許してくださ——あああああ」

なんとかキスされるのは防いだものの、それからしばらくユリウスは私にべったりでドキドキが止まらず、全然ゆっくりなんてできなかった。

第九章 初めての誕生日編

十六歳の誕生日

冬休みの宿題や勉強に励む傍ら、狩猟大会メンバーと打ち上げに行ったり、ユリウスと二人で出かけたり、一年生メンバーとクリスマスっぽいパーティーをしたり。

毎日を楽しんでいるうちに、冬休みもあっという間に後半に差しかかった、そんなある日。

「レーネ、今年の誕生日はどうしたい？」

「えっ？」

夕食の席で父にそう尋ねられ、食事する手を止める。一瞬、何のことか分からなかったものの、そう言えば来週はレーネの十六歳の誕生日だったことを思い出す。

父もレーネがこれまで一度も誕生日パーティーをしておらず、今年もだろうと思っているから、こんなギリギリのタイミングで形だけの確認をしてきたのだろう。

貴族を招いての催しというのは、本来はもっとずっと前から準備が必要なものだからだ。

もちろん私も全くそんな気はないため、ありがたい。

「何もしていただかなくて大丈夫です」

「では例年通り、食事会だけしよう」

ユリウスからも毎年、家族で夕食をとるだけだと聞いていたし、私は頷こうとしたのだけれど。

「当日、レーネは俺と出かける予定なので」

突然ユリウスがそんなことを言い出し、私は再び「えっ」と戸惑いの声を漏らしてしまう。当事者のはずなのに、思い切り初耳だ。

とは言え、この家族と過ごすよりユリウスと過ごしたい私は、適当に話を合わせることにした。

「そ、そうなんです！　なので、本当に何もしていただかなくて大丈夫です。お気遣いなく」

「そうか」

父は全く興味がないらしく、それだけ言うと食事を再開した。

一方、ジェニーはきつく睨んできていて、理不尽すぎると思いながらステーキを口へ運んだ。


夕食の後、呼び出されて部屋へ行くと、ユリウスはすぐに食後のお茶を用意してくれる。

そしてソファに並んで座ると、すぐに謝られた。

「さっきは突然ごめんね」

「ううん。本当に当日、一緒に出掛けてくれるの？」

「もちろん」

即答してくれて、嬉しくなる。前世では毎年孤独なセルフお祝いバースデーを家でしていたため、誰かと過ごすなんて子供の頃以来だった。

どこに出掛けるのかと尋ねたところ、街中のレストランに食事に行く予定らしい。私の服装についても全身用意してくれるから、何の準備もせずにいればいいそうだ。

至れり尽くせりで、ありがたい。

「そう言えば、欲しいものとかあったりする?」

「ううん、特に何もないよ」

「そっか。こういう時くらい、とんでもないワガママ言ってくれてもいいのに」

私は元々物欲がある方ではないし、この世界に来てからは勝手に大体のものが揃っているため、なかなか欲しいものというのが見つからない。

元の世界では、好きな作品のグッズやゲームといった細々としたものだったら、いくらでも思いつくのに。

何よりユリウスには誕生日など関係なく、日頃からプレゼントをもらったり色々と買ってもらったりしているから余計だった。

「あ、もう結婚できるようになるね。する?」

「しません」

この世界では、男女共に十六歳から結婚ができるらしい。ユリウスの冗談を軽くスルーしつつ、いつも取り寄せてくれる私の大好きな紅茶に口をつける。

「とにかく当日、寝坊だけはしないでね」

「了解です! よろしくお願いします!」

「楽しみにしてるよ」

誕生日が楽しみなんて、いつぶりだろう。

それからは仲良く指切りをして、来週の誕生日に胸を弾ませた。

◇◇◇

そして迎えた当日。

メイドのローザに起こされ、欠伸を繰り返しながらゆっくりと身体を起こす。

「レーネお嬢様、おはようございます」

「ふわあ……おはよう」

昨晩は早くにベッドに入ったものの、お子様な私は今日が楽しみでそわそわして、なかなか寝付けなかった。

すぐにローザが身支度を整えてくれ、いつものように食堂へ朝食をとりに行こうとしたところ、何故か「お待ちください」と引き止められる。

一体どうしたのだろうと思っていると、室内にノック音が響いた。

「おはよう、レーネちゃん。誕生日おめでとう」

やがて中へ入ってきたのはユリウスで、よしよしと頭を撫でられる。

こうしてお祝いの言葉を言われるだけで嬉しくて、なんだか照れてしまう。

「あ、ありがとう……！　でも、どうしたの？」

「今日はここで二人で朝食をとろうと思って。こんな日くらい、あいつらの顔を見たくないし」

悪戯っぽく笑うユリウスの後ろには、食事を運んできたらしい使用人達の姿がある。小さく吹き出してしまった私は「うん！」と頷く。

あっという間にテーブルの上に並べられた朝食は私の好きなものばかりで、ユリウスが指定してくれたのだと思うと、またくすぐったい気持ちになった。

「レーネちゃん、なんだかご機嫌だね」

「うん、なんかもうすっごく楽しい！」

「かわいい。でも、今日はまだこれからだよ」

そんな私を見て、ユリウスもにこにこ微笑んでいる。

二人きりの朝食は楽しくて平和で、できるなら毎日こうして過ごしたいなと思っていたところ、ユリウスが全く同じことを口に出すものだから、笑ってしまった。


朝食を終えると、使用人達が今度は可愛らしくラッピングされた大小の箱をいくつも運んできた。

箱をぐるりと囲む金色のリボンには見覚えがあり、確か王都で一番のデザイナーの店のものだ。

ジェニーが父に必死におねだりし、買ってもらったと自慢されたことがある。それくらい入手困難なものなのだろう。

「こ、これは……もしや誕生日プレゼントですか……？」

「今日レーネに着てもらいたいドレスだよ。一応これもプレゼントに入るのかな」

「これも……？」

首を傾げる私に柔らかく微笑むと、ユリウスは「準備が終わった頃にまた来るよ」と言って、部屋を出て行く。

「ではお嬢様、お着替えしましょうか」

「う、うん」

ドキドキしながらプレゼントと向かい合った私は、まず一番大きな箱を開けることにした。

箱の中には、とても可愛らしいアプリコットカラーのドレスが入っていた。透け感のあるレースが重ねられ、全体には小さな花の飾りが散りばめられている。

「か、かわいい……！　わあ、靴と髪飾りもある！」

小さな箱にはそれぞれドレスに合わせた靴や花の髪飾りが入っており、全てが最高にかわいくて胸が弾んだ。

自分で言うのも何だけれど、どれもすごく私に似合う気がしてならない。選んでくれたユリウスは流石だと思いながら、着替えるためにローザにドレスを手渡す。

そしてもうひとつ箱が残っており、唯一包装が全く違うことに気付く。

別のお店で買った品だろうか、箱の上には綺麗な色の封筒が添えられており、その封蝋はどこかで見たことがあるような気がしてならない。

「あ、これ、狩猟大会の！」

手紙はテーブルの上に置き、先に箱を開けたところ、中に入っていたのはふわふわの美しい毛皮で作られたコートだった。

すぐに、狩猟大会でたくさん狩った雪兎から作られたものだと分かった。

口が裂け鋭利な歯がずらりと並ぶ、あの凶悪な顔をした魔物からこんなにも素敵なコートが生まれたのかと思うと、なんだか不思議な気持ちになる。

コートの留め具には大きな宝石がついており、とんでもなく高価なことが窺える。私は毛皮のコートに向かってそっと両手を合わせて拝むと、次に手紙を開封した。

「ミ、ミレーヌ様……！」

なんとこのコートはミレーヌ様からのプレゼントで、家族で国外に行っているため直接祝えないものの、どうか素敵な一日になりますように、本当に誕生日おめでとうと綴られている。

感激した私は視界がぼやけるのを感じながら、手紙を抱きしめた。まだミレーヌ様と付き合いは長くないけれど、私はミレーヌ様が大好きで姉のように慕っていた。

後日しっかりお礼を用意してお返事を書こうと決め、手紙を大切にしまうと、支度を頼んだ。


ドレスを着て化粧をし、髪を整えてもらった鏡に映る私は驚くほどかわいい。

「お嬢様、とても素敵です！　大変お似合いですよ」

「本当？　ありがとう！」

元々レーネは美少女だけれど、なんというか最近は以前よりもぐっとかわいく、綺麗になった気がしてならない。

最後にミレーヌ様に頂いたコートに袖を通せばもう、完璧だった。

とても温かくて、着心地も抜群だ。

「レーネ、準備は終わった？」

浮かれながらくるくると回り、全身鏡をじっくり見ていると、再びユリウスがやってきた。

ユリウスも正装を身に纏っており、モノトーンでコーディネートしているせいか、普段より大人びて見える。

やっぱり格好いいなあと思っていると、ユリウスは私を見て「想像していた以上に似合ってる」と微笑んだ。

「着てくれてありがとう。本当にかわいいよ」

「こちらこそ、素敵なプレゼントをありがとう！」

「どういたしまして。……うん、俺はレーネの性格を好きになったんだけど、レーネの見た目も好きみたいだ」

「……っ」

私の頬を撫で、満足げな顔をするユリウスに心臓が跳ねる。見た目を褒められるのも嬉しいけれど、私の性格を好きになった、という言葉は何よりも嬉しかった。

なんというか、ちゃんと「私」自身を好きになってくれたのだと実感したからかもしれない。

「それじゃ、行こうか」

当たり前のように手を繋がれ、私もまたユリウスの手を握り返す。

そして私達は仲良く、屋敷を出発したのだった。

◇◇◇

それからは二人で予定通り王都の街中へ行き、買い物をしたりお茶をしたり、楽しく過ごした。

誕生日というだけで何もかもが特別に感じて、私はずっと浮かれっぱなしだったと思う。ユリウスはそんな私をずっと気遣い、楽しませてくれた。

あっという間に昼過ぎになり、お腹も空いた頃。ユリウスは私の手を引いて馬車へ乗り込んだ。

「たまに街に行くのもいいね、楽しかったよ」

「私も楽しかった！　ありがとう」

満足感でいっぱいだったものの、もう帰るのかと寂しく思いながら、窓の外の景色を見つめる。

けれど、だんだん見慣れない景色に変わり、ウェインライト伯爵邸ではない場所に向かっていることに気付く。

「あれ？　こっちって、屋敷の方向じゃなくない？」

「うん、そうだよ。着いてからのお楽しみ」

「………………？」

どこに向かうのだろうと不思議に思いながら窓の外を眺めていると、見えてきたのは王城だった。

王城は夏休みのガーデンパーティー以来で、どんな用事があるのか、さっぱり予想もつかない。

門の前で馬車は停まり、ユリウスにエスコートされて降りた私は、目を瞬いた。

「セ、セオドア様……⁉」

なんと私達を出迎えてくれたのは鮮やかなグリーンの正装姿の王子で、驚いてしまう。

どうしてという気持ちを込めて隣に立つユリウスを見上げても、笑顔を返されるだけ。

「誕生日おめでとう」

「あ、ありがとうございます！　嬉しいです！」

王子は小さく微笑み、私の手を取った。よく分からないけれど、王子も誕生日を祝ってくれるのだろうか。

そのまま王子に手を引かれ、王城へと歩いていく。ユリウスも私達の後ろを、黙ってついてきている。

「どこに向かっているんですか？」

「…………」

「あ、やっぱり内緒なんですね」

ドキドキしながら長い廊下を歩いていると、前方から数人の集団がやってくるのが見えた。

王子と同じ美しい金髪とエメラルドの瞳、そして同じように整いすぎた美しいお顔に加えて、纏っている圧倒的なオーラから、誰なのかすぐに分かってしまった。

「わあ……」

私達の目の前で足を止めた超絶美形な男性は、間違いなく王子のお兄様であり、この国の王子様だろう。セオドア様と合わせて見ると、眩しすぎて目が焼き切れそうだ。

お兄様は二人いると聞いているけれど、どちらだろうと思いながらユリウスと共に頭を下げる。

王子兄は王子と繋いでいる手を見て、信じられないという顔をした後、笑みを浮かべた。

「セオ、昨日の昼ぶりだね、夕食は一緒に食べられなかったけれど元気そうで良かったよ。出先での仕事が長引いてしまって間に合わなかったんだ。それで、そちらの女性はどなたかな？　とても可愛らしいけれど、もしかしてハートフル学園の同級生かな？　それにしてもセオが女性と手を繋いでいる姿なんて初めて見たから、驚いてしまったよ。そもそもマクシミリアン以外を城に招くのも珍しいからね、なんだか嬉しいな。セオは昔から私の後をついて回ってばかりで――……」

「？？？？？？」

本当に待ってほしい。かなり饒舌《じょうぜつ》で早口で三倍速で早送りしているようなスピード感に、私は驚き戸惑い、呆然と美しい顔を見つめることしかできない。

けれど私とは違い、王子もユリウスも平然としている。

まさかこれが通常運転なのだろうか。

「――も、だろうね。ああ、そうだ、私も彼女にきちんと挨拶をしないといけないな」

私の一ヶ月分の文字数を喋った後、ようやく口を閉じた王子兄に対し、王子は静かに返事をした。

「レーネは親しい友人です」

「えっ……セ、セオドアさ――」

「そうか、そうか！　それは素晴らしいことだね。初めまして、私はこの国の第二王子、アルジャーノン・リンドグレーンだ。いつもセオが世話になっているようで、礼を言わせてほしい」

「あっ、いえ！　お世話になっているのは私のほ――」

「セオがこんな風に友人を紹介してくれるのは珍しいから、本当に嬉しいんだ。レーネ嬢、どうかこれからもセオをよろしく頼むよ。おや、一緒にいるのは誰かと思えばユリウス・ウェインライトじゃないか。先日の夜会以来だね、君も元気そうで良かったよ。もしかして以前話していた妹というのはレーネ嬢のことかな？」

「ええ、お久しぶりです」

「まさか君の妹と私の弟が同級生でこんなにも親しいとは、これも何かの縁だな。ユリウスと私もハートフル学園で──……」

王子兄のマシンガントークは終わる気配がなく、私は相槌を打つタイミングすら掴めずにいる。

王子が私を初めて「レーネ」と呼んでくれたこと、はっきりと友人──それも「親しい友人」と紹介してくれたことに感動する間もない。

王子兄、キャラが濃すぎる。私は結局、ペースに呑まれ自ら名乗ることすらできていなかった。

「……はっ、まさか」

そして、気付いてしまう。王子がこんなにも無口なのは、やけに口数の多い王子兄の影響なのではないかと。

ユリウスと王子兄は二つ違いらしく、ハートフル学園の先輩らしい。王子兄は吉田姉のアレクシアさんと同い年ということになる。なんて濃い世代なのだろうか。

王子兄は王子の三つ上で、幼少期から仲が良くずっと一緒に過ごしていたらしい。これほど早口で口数が多い王子兄と物心つく前から一緒にいれば、誰よりも無口になるのも頷ける。

「──なるほど、まさかそうだったとはな。ああ、長く引き止めてしまって悪かったね。どうかゆっくり過ごしていってくれ」

「あ、ありがとうございます」

話は終わり、爽やかな美しい笑みを浮かべ、王子兄は去っていく。嵐のような方だった。

「…………」

「いえ、とても楽しい方ですね。仲の良い友人だと紹介していただけて、とても嬉しかったです」

「…………」

「あ、もちろん私もそう思っていますよ」

その後は王子に手を引かれたまま、再び三人でどこかへ向かって歩いていく。

すれ違う人々は皆、王子に丁寧に頭を下げ挨拶をしていて、やっぱり王子様なんだなあと当たり前すぎる感想を抱いてしまった。

やがて王子が足を停めたのは、大きな扉の前だった。ゆっくりと扉が開いていき、その先に広がる光景を見た瞬間、私は石像のように固まってしまう。

「――え」

大広間は煌びやかなパーティー会場になっており、輝く大きなシャンデリアの下、料理やケーキが並んでいる。

「みんな、どうして……」

そしてそこにはテレーゼや吉田、ヴィリー、ラインハルト、アーノルドさんの姿があった。

華やかで色とりどりのドレスやタキシードを纏った友人達を前に、頭が真っ白になる。

「レーネ、お誕生日おめでとう！」

「ああ、おめでとう」

「レーネちゃん、ハッピーバースデー！」

「誕生日おめでとう、今日もかわいいね」

「おめでとうな！　同い年だ！」

口々にお祝いの言葉をかけられ、その場に立ち尽くしていると、隣にいたユリウスに大きな花束を渡された。

「改めて十六歳の誕生日おめでとう、レーネ」

そしてようやく、理解した。

みんなは私の誕生日を祝うために集まり、サプライズでパーティーを開いてくれたのだと。

「…………っ」

夢みたいな、奇跡みたいな出来事に嬉しくてどうしようもなくなって、目頭が熱くなり、胸がいっぱいになる。

両目からはぽたぽたと、涙が溢れていく。

「……っう、うわあん……あ、ありが……ひっく……」

お礼を言いたいのに上手く言葉を紡げない私に、ユリウスはハンカチで涙を拭ってくれた。

それでも涙は止まらず、余計に溢れてきてどうしたらいいか分からなくなる。号泣どころの騒ぎではない。

自分でも引くほど泣いてしまっている私を見て、みんなは優しい表情で微笑んでいた。

「絶対に泣くだろうねとは話してたけど、まさかこんなに泣くとは思わなかったよ。ほら、鼻まで出てる」

「うっ……っぐす……だ、だって……」

「こんなに喜ばれたら俺達も色々と準備して、こうして集まった甲斐があるよな」

「あはは、レーネちゃん、想像を軽く超えてくれたね」

サプライズ大成功だと笑う姿に、胸が温かくなる。

――大好きな友人達と一緒に誕生日を過ごせたら良いなと、思ったこともあった。

けれどこういうのは自分から誘うものではないし、プレゼントとか色々気を遣わせてしまうのも嫌で、誕生日の日にちもみんなに知らせずにいたのだ。

だからこそ、こんな風にお祝いしてもらえるなんて、私は想像すらしていなかった。

「み、みんな、ありがとう……わ、私、死ぬ時、この瞬間、走馬灯に絶対出てくるよ……」

「重いな」

吉田の冷静な突っ込みに「確かに」と笑ってしまう。それでも本当に前世と今世を合わせても、私の人生で一番くらいに嬉しくて幸せな瞬間だった。

「どういたしまして。ほら、こっちにおいで」

ぐすぐすと泣き続ける私はユリウスに手を引かれて歩き出し、まずは乾杯しようということになり、ノンアルコールのシャンパンが配られる。

「み、皆様、本日は私のためにお集まりいただき、誠にありがとうございます」

「おいおい、堅苦しいのはやめようぜ！　ハッピーバースデー！　イェーイ！」

グラスを掲げたヴィリーに笑い飛ばされ、つられて笑顔になった私も、グラスを持つ手をまっすぐに伸ばす。

「みんな、今日は本当にありがとう！」

七つのグラスを合わせると、幸せな音がした。


それからはみんなでお喋りをしながら、王城のシェフが作ってくれたというそれはもう美味しい昼食を食べ、一人一人からプレゼントをもらった。

「私とお揃いの靴なの。使ってもらえたら嬉しいわ」

「もちろん、ずっと大切に使うよ！　テレーゼとお揃いなんて本当に嬉しい、ありがとう」

「お前が前に気になってたケイシー冒険記の全巻セットと、何でも言うこと聞く券パート二だ」

「えっ、どっちもすごい嬉しい！　言うこと聞く券には前回助けられたし……ありがとう！」

「レーネちゃんに似合うものを数ヶ月間、毎日朝から晩まで考えてオーダーメイドした防御魔法効果のあるキーホルダーなんだ。良かったら付けてほしいな」

「あ、朝から晩まで……!?　しかも超かわいい！　ありがとう、学園用の鞄に毎日付けるね！」

「女性の好きそうなものはよく分からなかったんだ。気に入らなければ捨ててくれ」

「えっ……よ、吉田がこんなかわいいリボンを……⁉　吉田だと思って毎日一緒に過ごすよ」

「…………」

「王族が使っているものと全く同じ枕ですか⁉　そ、そんなにぐっすり眠れちゃうなんて……嬉しいです、今夜から早速使いますね！　本当にありがとうございます」

「はい、レーネちゃん。今女の子の間で流行ってるキャンドルだよ。魔力を込めると香りが変わるらしいから、好きなように色々変えてみて」

「お、おしゃれ……ありがとうございます！　失われた女子力が上がりそう、大切に使います」

どれも私のために一生懸命に選んでくれたのが伝わってきて、宝物にすることを誓った。死んだ後はお墓に入れてもらおうと思う。

何もかもが嬉しくて幸せでみんなが大好きで、もう泣きすぎて目も鼻も痛い。何度も何度もお礼を言うたび、みんなも笑顔になってくれて、やっぱり嬉しかった。

「でも、お城でパーティーなんて想像してなかったからびっくりしちゃった。本当に素敵だね」

「ウェインライト伯爵邸だと準備段階でレーネにバレてしまいそうだし……って悩んでいたらセオドア様が提案してくださったのよ」

「えっ、セオドア様が……!?」

驚いて王子へ視線を向ければこくりと頷いてくれる。

私は王子の手を取ると、エメラルドの瞳を見つめた。

「本当にありがとうございます、嬉しいです！」

「……うん」

きゅっと手を握り返され、笑みがこぼれる。王子と出会った頃——いつも無視をされ、挨拶バカと呼ばれていた頃を思い出すと、こんなにも仲良くなれて本当に良かったと、心が温かくなった。

それからもみんなで全力ではしゃぎ、ヴィリーが吉田の飲み物に色々と混ぜ、怒られているのを見て笑っていたところ、ユリウスに声をかけられた。

「ねえ、少しだけ二人で外に出ない？」

「うん！　もちろん」

ユリウスは静かに見守ってくれていて、あまり話せていなかったのだ。すぐに頷き、二人でバルコニーへと向かう。


「わあ、雪だ！」

外へ出ると既に日は沈み、黄金の月が浮かんでいた。はらはらと静かに雪が降っていて、とても幻想的だ。

王城から見える景色も美しく、隣には王子様のようなユリウスがいて、綺麗に着飾った私はまるでお姫様になったような気分になる。

「大丈夫？　寒くない？」

「少しだけね。もっとこっちに来て」

寒がりのユリウスを心配したところ、後ろからぎゅっと抱きしめられた。

温かくてくすぐったくて、ドキドキするのに落ち着いて、不思議な気持ちになる。

「私ね、本当に今日一日幸せだった。ありがとう」

「どういたしまして。俺もレーネが泣くほど喜んでくれたから、嬉しかったよ」

――今日の集まりはユリウスが計画し、みんなに声をかけて準備をしてくれていたという。

私はいつも側にいたけれど、サプライズについてはさっぱり気付いていなかった。

『私はユリウスとかみんなと過ごせたら嬉しいな……あっでも忘れて、何でもない』

きっと私が以前何気なく言った言葉をユリウスは覚えてくれていて、実現させてくれたのだ。

この世界に来て半年以上、一緒に過ごしてきて色々とユリウスのことを知ったけれど、こんな風にサプライズをするような性格じゃないことも知っている。

どちらかというとそういうことは面倒だとか、くだらないと言うようなタイプだったと思う。

それでも、私のためにらしくないことをしてくれたのが本当に嬉しくて、胸が締め付けられる。

「……うん、かわいい。俺はレーネをよく分かってる」

「えっ？」

そんな中、ユリウスは満足げに微笑み、その視線は私の首元へと向けられていた。

何のことだろうと視線の先を辿れば、そこには先程までなかったネックレスが輝いている。

シンプルながら洗練された一粒ダイヤのデザインで、宝石に全く詳しくない私でも、輝きが普通のものとは格段に違うのが分かった。

「こ、これ……」

「俺からの誕生日プレゼント」

朝からたくさんの物をもらい、たくさんお祝いしてもらったというのに、まだこんな素敵なプレゼントが残っていたなんてと驚いてしまう。

指先でそっとネックレスを撫でると、全身に多幸感が広がっていく。

「すっごく素敵で嬉しい！　肌身離さず毎日つけるね」

「気に入ってくれたなら良かった。ネックレスには束縛したいとか、色々意味があるんだって」

「重いよ」

「あはは、まあ俺は他の意味がメインだけど」

他には一体どんな意味があるんだろう、後で調べてみようと思いながら、振り返る。

そうしてユリウスと向かい合う形になった私は、思い切り抱きついた。

「……ユリウス、本当にありがとう」

「どういたしまして」

ユリウスと触れ合うと悲しくもないのに泣きたくなって、胸が苦しいくらいに締め付けられる。

それなのに不思議と心地良い、この感情の名前を私はきっと知っていた。

気付かないふりなんてもうできないくらい、この気持ちは大きくなり、しっかりと私の中で形作られている。

ようやく初めての恋を自覚した私は、じっとユリウスを見上げた。

「どうしたの？　そんなに俺の顔を見て」

「私、ユリウスが大好き」

そう告げればユリウスは、いつものように「ありがとう、嬉しいな」と誰よりも綺麗に笑う。

今の「大好き」は一人の男性としてユリウスへ向けたものだったけれど、これまで私は何度も好きだと伝えていたせいか、家族愛だと受け取られたようだった。

「……ふふ」

「どうかした？」

「なんでもない！　寒くなってきたし、中に戻ろう」

「そうだね」

いきなり告白を失敗してしまい、なんだか私らしいと思いつつ、今日はこれで良かったのかもしれないとも思う。

そうして大広間へ戻ろうとしたところでユリウスは不意に足を止め、私の耳元に口を寄せる。

「俺の方がずっと好きだよ」

「……っ」

「来年の今日も一緒に過ごそうね」

本当に、ユリウスはずるい。そう思いながらも、いつの間にか繋がれていた手を握り返す。こういうところも全部含めて、私はユリウスが好きなのだから。

——大好きな人達に祝ってもらえた初めての誕生日は、本当に幸せで、一生忘れられない大切な一日となった。

◇◇◇

冬休みが明けてからはひたすら勉強に明け暮れつつ、友人達とスクールライフも楽しみ、あっという間に時間は過ぎ——……

私はこの世界に来て、二度目の春を迎えていた。

「おはよう、ユリウス。いよいよ新学期だね！」

「おはよ。レーネはクラス替えがあるんだっけ」

「うん、ドキドキしてお腹ねじれそう」

二年の進級時はクラス替えがあり、三年生も同じクラスで固定のため、かなり重要だ。

みんなと同じクラスになれたらいいなと思いながら、ユリウスと馬車に揺られ、学園へ向かう。

「あー、なんか春って眠くなるよね」

「分かる。でも、あっという間にランク試験だろうし、気を抜かないようにしないと」

次の試験からはもう、確実にひとつずつランクを上げていかなければならないのだ。

そして二年春のランク試験で無事にCランクになった暁には、改めてユリウスに告白しようと思っていた。

自分で言うのも何だけれど、現時点での告白の成功率は100パーセントだろう。つまり、ユリウスと恋人なんかになってしまう可能性がある。

そうなれば愚かな私は絶対に浮かれてしまうし、勉強も手につかなくなってしまう気がしてならない。だからこそ、ランク試験を終えた後に伝えようと決めていた。

「レーネは本当に頑張り屋さんでえらいね。俺にできることがあればいつでも頼って」

「うん、ありがとう！」

頭を撫でられ、口元が緩む。自覚してからというもの、気持ちは大きくなるばかりだった。

──好きだと伝えたら、ユリウスはどんな顔をするだろうか。

そんなことを考えながら、私は春色でいっぱいの窓の外へと視線を向けた。


「……へえ、ここが姉さんのいるハートフル学園か」

何だかんだ既に浮かれていた私は、新たな出会いという名のトラブルが待ち受けているなんて、まだ知る由もない。

書き下ろし番外編

不思議の国のレーネ

ある日の放課後、教科書類を鞄にしまっていたところ、委員長に引き止められた。

「え、絵本を作れ……？」

「ああ。子ども向けのボランティア活動でね」

なんと私はボランティア係という謎の役割を担っており、絵本を作るよう言われてしまった。

気が弱かった以前のレーネは、花壇の整備係など色々な雑用を押し付けられていたのだ。今更驚きはしないし、引き受けてしまった過去がある以上、断る訳にはいかない。

そう思った私は大人しく再び鞄を机の横にかけると、仕方なく絵本作りをすることにした。

ユリウスは今日遅くなると言っていたし、ちょうど良かったかもしれない。

「まずは話を考えないと。うーん」

話を考えイラストまで描かなければいけないため難易度は高い。けれど、私は絵が描けるオタクだし妄想も得意のため、きっと何とかなるはずだ。とは言え、子ども向けとなると勝手が違う。

「子ども向け、子ども向け……ハッ」

そして悩んでいた私はふと、気付いてしまった。

元の世界の知識のほとんどが、この世界にはない。つまり私の知る童話や昔話も、この世界にはないはず。この西洋ファンタジー世界に「笠地蔵」なんかがあったらびっくりだ。

と言うことで、知っている童話ネタをありがたく使わせてもらうことにした。

「やっぱりここは、不思議の国のアリスかな」

この世界の人々にも馴染みそうな話で、私が好きでよく覚えているものがこの作品だ。

バレないとは言っても、丸ごと真似するのはなんとなく罪悪感があるし、多少なりともオリジナリティを入れようと思う。

そしてその結果、パロディにすればいいという結論に至った。二次創作など、得意分野だ。

この場合、キャラを変えるのが一番良いと思った私は、名案を思い付いてしまう。

私の周りには色々と濃い人々しかいないし、彼らをキャラクターに当てはめて物語を展開させていけば、オリジナリティあふれる面白い話になるに違いない。

「アリスだけはそのままとして、まずは白ウサギ……これは吉田が解釈一致すぎる」

「チェシャ猫はアーノルドさんで、帽子屋はヴィリーって感じかな」

「ハートの女王はユリウスかも」

このメンバーで本当に子ども向けにして大丈夫だろうかと不安になりつつ、作業を進めていく。

そうしているうちに、だんだんと眠くなってきてしまう。

「ふわあ……」

まだ時間はあるし、ひとまず少しだけ仮眠することにした。

◇◇◇

気が付くと私は、やけにファンシーな雰囲気の場所にいて、目の前にはキラキラとしたお茶会のような光景が広がっていた。

「えっ？　何ここ？」

辺りを見回せば、隣には王様みたいな格好をしたユリウスと、テーブルを囲むようにしてうさ耳のついた吉田、猫耳のついたアーノルドさんの姿があって、驚いてしまった。

私もかわいらしい白と水色のエプロン姿をしていて、絵本を作る作業をしていたせいか、不思議の国のアリスっぽい世界観の夢を見ているのだと気が付く。

「レーネ、どうかした？」

ユリウスは私の肩に腕を回しており、やけに距離が近くてどきりとしてしまう。

夢だと気付いても目が覚めないなんてと不思議に思いつつ、好きな作品に似た世界でみんながコスプレをしているなんて面白くて、せっかくだし楽しもうと思ったのだけれど。

「早くその紅茶を飲め、俺は忙しいんだ。あと三十秒以内に飲めよ、あと二十九、二十八……」

「待って、熱っ……せめて三分！　三分ください！」

ただずっとニコニコしているアーノルドさんや、時間を気にしてばかりの吉田など全員の様子がおかしくて、全くもってお茶会を楽しむという状況ではない。

そして一番様子がおかしいのは、ユリウスだった。

「ねえ、レーネが食べさせてよ」

「えっ」

どうやら目の前にあるお菓子を、私があーんと食べさせろということらしい。先程からこんな恥ずかしい無茶振りばかりをしてくるのだ。

けれどこれくらいならと言われた通りにすれば、ユリウスは小さく首を左右に振った。

「違うよ、手じゃなくて口で」

「Ｗｈａｔ？」

私の想像を超えたお願いに、頭の中が疑問符でいっぱいになる。

ユリウスは小さなマカロンを私の口に押し込むと「ほら、早く」と急かしてきた。この状態で自分の口へ持ってこいという意味らしく、流石に夢の中と言えど恥ずかしくてできそうにない。

むしろ私の口に押し込む分の労力で普通に食べられただろうと、突っ込みたくなる。

「ちなみに俺の言うことを聞かないと、首を刎《は》ねるから」

「ええっ」

「俺のこと、好きだよね？　好きならそれくらいできるよね？」

いつの間にか右手には大きな鎌が握られていて、私の口からは「ひえっ」と短い悲鳴が漏れた。

おかしなお茶会どころか、とんでもなく物騒なヤンデレが爆誕してしまっている。

「あーあ、やっぱり好きじゃないんだ。俺はこんなにレーネが好きなのに」

「ちょ、ちょっと待って」

「待たないよ、俺は短気なんだ。ごめんね？」

そして首に鎌をかけられたところで、目の前が真っ暗になった。

◇◇◇

「――ネ、レーネ、大丈夫？」

「はっ！」

慌てて飛び起きれば、そこにはユリウスの姿があった。少しだけ眠るつもりが結構な時間、眠ってしまっていたらしい。

「すごくうなされてたけど、嫌な夢でも見た？」

「そ、それはもう……」

言うことを聞かないと首を刎ねる、と脅される恐ろしい夢を見たと話したところ、ユリウスは変な夢だね、とおかしそうに笑った。

「そもそも俺、それくらいで怒ったりしないから」

「ですよね」

ユリウスはいつだって私に優しいし、私に対して滅多に怒ったりもしない。

けれど、にっこりと笑みを浮かべ、右手を私の首に這わせると「でも」と続けた。

「レーネが他の男と浮気したら、刎ねちゃうかも」

「こ、こわ……」

「あはは、冗談だよ。まず浮気なんてさせないし」

ユリウスはそう言って笑ったけれど、全然冗談に聞こえないから困る。

「そろそろ帰ろうか。日も暮れてきたから」

「あ、そうだね！　今片付けるから待って……って、あれ？」

下校時刻も近づいており、絵本の続きの作業は屋敷に帰ってからにしようと思ったのに、机に広げていた作りかけのものものもペンも紙も全て無くなっている。

「ねえ、ここにあった絵本セット知らない？」

「絵本セット？　そんなのどこにもなかったよ」

「えっ？」

まさかそんなはず……と思った私は、ふと気付いてしまう。先程、作業している途中でペンが手にあたってついた黒い線も、無くなっていることに。

「まさか、あれも全部夢だった……？」

ユリウスに聞いてみても、ボランティア係なんてないと言われてしまった。

やはり最初から全部、夢だったのかもしれない。

「や、やっぱりこわ……」

あの不思議な夢が正夢にならないことを祈りつつ、ユリウスに手を引かれ、私は帰路についた。

書き下ろし番外編

クリスマスっぽいパーティー

地獄のような狩猟大会が終わり、一週間が経ったある日。

私はウェインライト伯爵邸に一年生組の友人達——テレーゼ、ヴィリー、吉田、王子、ラインハルトを招き、自室にてテーブルを囲んでいた。

お馴染みのメンバーだけど、自分の部屋にみんながいるのはなんだか不思議な感じがする。

「ここがレーネちゃんの部屋なんだ。すごく可愛いね」

「ありがとう！」

「なんかすげー良い匂いするな！　女子の部屋って感じするわ」

「その感想、私以外に言うとセクハラだからね」

ヴィリーは「マジかよ」と言いながら、きょろきょろと部屋の中を見回している。

転生当初はかなり地味だったけれど、少しずつ自分の好きなものを増やしたりあちこち変えたりしており、今ではだいぶ可愛らしい部屋になった気がする。

「つーかレーネ、口数少なくね？　腹でも壊したのか？」

「女の子にそういうこと言わないでくれない？　友達を家に呼ぶのって、緊張しちゃって」

実は前世を合わせても自宅に友人を招くのは初めてで、内心ドキドキしていた。先日、ミレーヌ様が来てくださったけれど、あれはまた少し違う気がする。

冬休み中のためジェニーも屋敷にいるのが不安ではあったものの、やはり身分の高い王子やテレーゼがいるせいか、先ほど廊下ですれ違った際には丁寧に挨拶をしていた。

「そうだったんだ。うちにも早く遊びに来てほしいよ」

「うん、私はいつでも大丈夫だから！」

ラインハルトのお家にも以前から遊びに行きたいと話していたものの、厄介な人物らしいお義姉さんには絶対に会わせたくないようで、なかなか実現していない。

「そういや私、同級生の男の子の家って吉田の家以外、遊びに行ったことないや」

「……あの日は本当に散々だった」

そう、吉田邸では吉田姉であるアレクシアさんとの戦いがあり、吉田はかなり疲れ切っていた記憶がある。もう一人のお姉さんであるローズマリーさんとも、ぜひゆっくりお話してみたい。

そんな中、メイドのローザがやってきて、「準備ができました」と知らせてくれた。

「ありがとう。運んできて」

「かしこまりました」

──そして今日、私たちが集まったのは『クリスマスっぽいパーティー』をするためだ。

以前、みんなで昼食を食べながら鍋パと雪合戦をしようという話になり、全くクリスマス感はないものの、それらをまとめて行うことにした。

この世界にはない文化のため、みんなも興味津々らしい。ちなみに私は「以前どこかで読んだ何かの本に書いてあった」というお決まりの適当な理由を話してあった。

「さっきと同じくらい、すげーいい匂いする」

部屋の香りと鍋の匂いを同等に扱われ、褒められて嬉しいような、でも少し解せない気持ちになっている中、大きな鍋が運ばれてきてテーブルの中央に置かれる。

コンロはないけれど、それに近い魔道具を下に敷いているため、温度は保たれるそうだ。

やがて今日のために特注で作ってもらった鍋の蓋を開けると、ぶわっと真っ白な湯気が上がり、良い匂いがさらに部屋中に広がった。

スープも料理長と試作と改良を重ねた、海鮮塩だし風味になっている。正直、めちゃくちゃ美味しい自信作だ。

「まあ、すごいわ。美味しそう！」

「これをみんなで食べるの？」

「うん！　そうだよ」

この世界では大鍋を数人でつつくという文化はなく、貴族であるみんなは抵抗があるかもしれないと不安だったけれど、全く気にならないようで安心した。

つつくとはいっても箸は存在しないし、綺麗なおたまで鍋から取り分けるため、衛生的にも問題はないだろう。

それぞれの器に取り分けた後は、せっかくだから日本風で統一することにした。

「こうして両手を合わせて、いただきますって言うみたい」

私が手を合わせて見せると、みんなも同じように真似してくれる。

なんとも言えないぎこちなさが可愛くて、内心悶えてしまう。外国の人がカタコトの日本語を話した時に感じるような愛らしさで、今後も日本文化を布教していくことを誓う。

「すげー美味いな、これ」

「うん、びっくりした！　レーネちゃん、すごいね」

「本当に？　ありがとう！」

元の世界の料理レシピなどは全く覚えておらず、料理チートなんかには縁がないと思っていたけれど、方向性がぼんやり分かれば優秀な料理長もついているし、再現できるものは意外とたくさんあるのかもしれない。

みんなも喜んでくれているようで、ほっとする。

「セオドア様、どうですか？」

「…………」

「良かった！　あっ、この肉団子も美味しいですよ」

最も舌が肥えているであろう王子の口に合うかが一番心配だったものの、おかわりまでしていて笑みがこぼれた。

「あっさりしているから、食べやすいわ」

「ああ。毎日でも飽きないような味付けだな」

「えっ、私の作った料理を毎日食べたいって……まさかプロポーズ……？」

「黙れバカ」

そうして楽しくお喋りをしながら食べているうちに、あっという間に鍋の中に具材はなくなる。

実は半分の人数用の具材しか、まだ入れていなかったからだ。

「じゃあ、そろそろアレをやりますか」

ここからはお楽しみターンとして『闇鍋』をすることになっている。

それぞれ食材を一つずつ持ってきて、お互いに内緒で使用人に渡してもらっていた。主催者の私ですら、誰が何を持ってきたのかは知らないまま。

どんな味になっても「必ず完食する」という約束をしてあるため、流石にふざけた食材を持ってくることはないだろうと思っていたのに。

「ねえ、なんかすごい臭いしない……？」

ベースは先程と同じスープを使っているはずなのに、ローザが新しい鍋を持ってきた途端、何故か鼻が痛くなりそうなもわっとした臭いが部屋の中に充満していく。

恐る恐る蓋を開ければ、更に濃いきつい臭いがして、スープはどす黒く染まっていた。

「…………」

「…………」

「…………」

わくわくした表情で鍋を覗いていた全員の顔が、一瞬にして虚無へと変わっていく。

美味しいはずがないと、幼児でも分かるレベルだった。どうしてこんなことに。

「え、ええと、いただきましょうか……」

気まずさを感じながらもそう声を掛ければ、みんな頷いてくれる。なんて良い子達なのだろう。

おたまを恐る恐る鍋の中へ入れれば、ざり、どろりとした感触がした。

これは本当に鍋なのか、食べられるのかという疑問を抱きながら、六人分を小皿によそう。

「ど、どうぞ……」

「すごいな、泥じゃん」

みんな思っていただろうけれど口にしていなかった言葉を、ヴィリーがあっさり言ってのけた。

彼の言う通り、まさに泥だった。色も泥、どろりとした感触も泥だ。

時折、剥かれて丸まった海老が浮かんでいて、ダンゴムシにしか見えない。地獄絵図だった。

「いただき、ます……」

「……いただきます」

先程までは可愛らしかった「いただきます」が今や遺言のようになっている。

みんな悲しげな顔で、小洒落た皿に盛られたそれぞれの泥をじっと見つめていた。

本当は「やっぱり食べるのはやめよう」と言いたいし、みんなも同じ気持ちだろう。けれど、食べ物を粗末にするわけにはいかない。

ここは私から行くべきだろうと、スプーンですくい、口へと運ぶ。

「うわっ甘っ……でもしょっぱ……えっ、苦い……な、何この最悪な七変化は……」

何故か次々と味が変わっていき、口の中で大事故が起きている。

でも、ギリギリ食べられないレベルではない。全力で食べたくはないだけだ。

次に食べたのは、吉田だった。眉を顰め、静かに耐えるように食べている。

「……どうしてこうなったんだ」

「この塩辛いのは何かしら？」

「それは僕が持ってきたアンチョビかな。レーネちゃんが前パスタに入っているのを美味しい、好きだって言っていたから」

「あっ……なんかこの、苦みは……？」

「多分、私が持ってきたコーヒーだと思うわ。ごめんなさい、液体状ベースだと聞いていたから、飲み物が良いのかと考えたら、こんなことに……」

「テレーゼは悪くないよ！　私のせい！」

ラインハルトやテレーゼが良かれと思って持ってきてくれた食材が、とんでもない事故を起こしてしまっている。

どうやら私の説明がド下手だったせいで、みんなに「鍋」の概念が伝わりきっていなかったこともあり、この大惨事が起きたらしい。

「な、何この、どろっとした甘いの……」

「それは俺が持ってきたバナナだろう」

吉田、意外とセンスがない。

とは言え、この中身では救いカテゴリに入ってしまう。そして吉田はバナナが大好物だという、大変貴重な情報をゲットした。プライスレス。

「…………」

「あっ、このじゃがいもはセオドア様が持ってきてくれたんですね！」

まともな救いの食材に、感謝してもしきれない。ついでに王子がじゃがいもを手に遊びにきてくれたと思うと、なんだかかわいくて萌えてしまった。

ちなみに私はチーズを入れた。鍋のトッピングとしては外していないと思っていたけれど、地獄感を加速させてしまい、反省も後悔もしている。

そんな中、カランという音がして目を向ければ、ラインハルトの皿が空になっていた。なんと全て完食したらしく、その顔は真っ青だ。

「えっ？　全部食べたの⁉」

「うん。僕、レーネちゃんが作ったと思ったら……何でも、食べれる……から……」

「ラインハルト……ごめん、ごめんね……」

友人想いの優しいラインハルトに、胸が締め付けられる。今にも倒れそうなラインハルトをベッドに寝かせた私は、泣きながら再びテーブルにつく。

すると王子が無表情のまま、鍋を食べているところだった。

「……ゲホッ、ゴホッ」

「セ、セオドア様！」

この毒物を食べたことにより、王子の身に何かあれば私は即斬首バッドエンドだろう。それだけはまずいと、慌てて王子の手元から小皿を回収した。

「こちらは私と吉田でなんとかしますので！」

「ふざけるな、俺のノルマを増やすんじゃない」

ひとまず王子の皿の中身を私と吉田の皿に半分ずつ分けたものの、まだ残る鍋の中身を見ては、絶望していた時だった。

「あれ、みんな来てたんだ。こんにちは」

悪臭により換気のため開けていたドアから顔を出したのは、何とアーノルドさんだった。その後ろには「なに？　この臭い」と、綺麗な顔をしかめたユリウスの姿がある。

今日はユリウスやアーノルドさんはサロンへ顔を出していたらしく、帰りにアーノルドさんが勝手に付いてきたのだとユリウスは肩を竦めた。

「ていうか、この酷い臭いの泥は何？　部屋の中で泥遊びは良くないよ」

「こ、これはですね……」

そうして事情を説明したところ、ユリウスは呆れたような表情を浮かべている。

「ま、捨てる気がないならアーノルドに頼めば？」

「どういうこと？」

「うん。誰も食べないなら俺が食べるよ、ちょうどお腹も空いてたし」

「え……？」

信じられないアーノルドさんの言葉に、全員が驚愕する。

「そ、そんな……無理をしていただかなくても……」

「無理なんてしてないよ。俺、好き嫌いないし」

「いや、これは好き嫌いとかいう次元を超えているのでは……？」

食べ物というカテゴリに入れていいのかすら怪しいと思っていると、アーノルドさんは何の躊躇いもなく鍋の中身を食べ始めた。テレーゼが「ひっ」と短い悲鳴を漏らしている。

「わあ、面白い味だね。食感も独特で」

どうやらアーノルドさんは距離感だけでなく、舌にもバグがあるのかもしれない。もはや心配になってくるレベルだ。

とても綺麗な顔で美しい所作で、泥の山を食べていく光景は妙にホラーだった。

「アーノルドって本当に何もかも、何でもいいんだよね。女性ならみんなかわいいって言うし」

「ええ……す、すごい……！」

どんな体型をしていてもどんな顔立ちをしていても、全て「かわいい」と思うらしい。これまではアーノルドさんを女性の敵だと思っていたけれど、逆に全女性の味方である可能性も出てきた。

そしてあっという間にアーノルドさんは鍋の中身を全て平らげてくれ、私達一年生組の彼への好感度は間違いなく爆上がりしたし、私は涙が出そうだった。

「ア、アーノルドさん、大好き！　このご恩は一生忘れません！」

「俺もレーネちゃんが好きだよ。レーネちゃんの嫌いなものは全部食べてあげるからね」

あまりにも辛すぎたせいか、アーノルドさんへの愛が爆発しそうだった。

思わずしがみつきそうになったところで、ユリウスに「は？」としっかり止められる。

「そんなに感謝されるなら、鍋ごと燃やせば良かったな」

「やめて」

◇◇◇

その後、美味しいケーキで口直しした私達は雪合戦をすべく庭に出た。

ユリウスとアーノルドさんも雪合戦に興味があるらしく、参加してくれるという。

「そんな遊びがあるんだ。レーネは本当に物知りだね」

「ま、まあね」

「確かに昔から、よく一人で図書室にこもっていたっけ。本ばかり読んでるのに何であんなバカなんだろうと思ってたけど、こういう内容のものを読んでいたなら納得だ」

さらりと失礼なことを言ったユリウスに、私は苦笑いを返すほかない。

「わあ、結構積もってる」

ウェインライト家は裕福な伯爵家なだけあり、タウンハウスと言えども敷地は広く、庭もかなりの大きさだ。木の少ない場所は、雪合戦会場として十分に使えるだろう。

「で、ユキガッセンってどうやってやるんだ？」

「雪合戦のルールはね……ええと」

本来はフラッグを奪う、というルールなんかもあるけれど、私がやりたいのもみんながやりたいのも、きっちりとした勝負ではないはず。

「二チームに分かれて、とにかく投げ合って先に全員が当てた方が勝ち！　にしよう！」

「分かりやすいね」

「ふふ、楽しそうだわ」

みんなもワクワクしてくれているようで、辛い闇鍋の記憶を塗り替えるべく、楽しく盛り上がってもらおうと気合を入れる。

「まずは雪玉を作ろっか。一人につき二十個くらいあればいいかな」

「了解、手のひらサイズね」

早速足元の雪をすくいとって握り、雪玉を作っていく。

こんな風に雪に触れるのも子供の頃以来で、これだけで楽しい気分になってしまう。

「よいしょっと……わあ、できた！」

そうしてにぎにぎと雪玉を作り、上手にひとつできたと喜んでいると、周りからも「できたよ」という声が聞こえてきて顔を上げる。

「えっ……えっ？」

すると既に私以外の全員の足元には、完璧な円形の雪玉が二十個用意されていた。

どうやらみんな魔法で作ったようで、手で作っていたのは私だけだったらしい。悔しくなって魔法で作ろうとしたものの、加減が上手くできず潰れてしまう。

「………………」

「あ、ありがとうございます！」

そんな私を見かねて、王子が残りの分を一瞬にして作ってくれた。

雪合戦でよくある壁的なものもユリウスがあっさり雪で作ってくれて、無事に準備は整った。

「テレーゼと同じチームで良かった！　私テレーゼに雪玉は投げられないもん」

「ふふ、私もよ」

そして厳正なるチーム分けの結果、私のチームはユリウス、テレーゼ、王子、相手チームはラインハルト、アーノルドさん、ヴィリー、吉田となった。

そうしてお互いに準備が整ったところで距離をとり、開始を宣言する。

「よーし、がんばっ――……え？」

やる気いっぱいでそう言った瞬間、ひゅんと顔の横を何かが猛スピードで通り過ぎていく。

それがヴィリーの投げた雪玉だと気付くのに、少しの時間を要した。

「レーネ、行くぞ！」

「ちょっ……待っ、ひいぃ！」

びゅんびゅんと豪速球が飛び交い始め、私は壁から顔を出すだけで精一杯だ。

ここにいる人々は皆、完璧超人たちばかりだったことを思い出す。身体能力が高すぎるあまり、遊びの域を越えたハイレベルなスポーツ、いや戦争になっている。雪玉がもはや弾丸レベルだ。

「え、えい！」

そんな中、運動神経がいまいちな私の投げた雪玉は、相手チームの陣地にすら届かない。移動は自由というルールのため、ここは敵陣に近づくしかないと、前方へ進むことにした。

逃げ足だけは速いお蔭でギリギリ雪玉をかわし続け、良い位置まで移動できたものの、大事なところで思い切り滑って転んでしまった。

「うわあ！」

「隙ありー！」

お尻から地面に倒れ込んだ途端、ヴィリーがすかさず雪玉を投げてくる。

これは流石に命中すると、きつく目を閉じた、けれど。

「危ない、レーネちゃん！」

「ええっ⁉」

何故か敵チームのはずのラインハルトが私を庇い、被弾してしまった。

まさかすぎる展開に、誰もが驚いている。

「おい、お前何やってんだよ！」

「ごめん、身体が勝手に……でも、レーネちゃんを守れたから後悔はしてないよ」

「ラ、ラインハルト……！」

なんて優しいのだろうと胸を打たれ私は、差し出されたラインハルトの手を取った。

「本当にありがとう！　私、絶対に最後まで生き残るから！」

「うん、応援してるよ」

「いやだからお前、そいつの敵だってのー」

とにかく雪玉が当たればアウトというルールのため、ラインハルトは失格になってしまう。

「きゃっ」

「ごめんね。後で俺のこと殴っていいから」

「もう、そんなことしませんよ」

それからすぐ、アーノルドさんの玉がテレーゼに命中し、三対三になる。

少し離れた場所では、王子とヴィリーによる熾烈《しれつ》な争いが繰り広げられていた。瞬きする暇さえないほど、雪玉が猛スピードで飛び交い、お互いに避け、また投げ合っている。

雪玉も一瞬で魔法によって次々に生成され、あまりにもハイレベルな戦いに思わず息を呑む。

私があの戦いに参加していたなら、間違いなく一秒に五個くらい当たっていただろう。

「す、すごい……！　かっこいいね」

「ああいうの、かっこいいと思うんだ？　じゃあ、俺もいいところ見せないと」

ユリウスはそう言って笑うと、雪玉を手に取りアーノルドさんに向かって思い切り投げた。

アーノルドさんはすんでのところで避けたものの、雪玉は後ろの木に当たり、幹がへこんだ。

「いやいやいや、待って」

「どうかした？」

「どうかしてるよ」

雪玉が大砲レベルの殺傷力を持ってしまっている。ユリウスは容赦無くアーノルドさんの顔面を狙っていたけれど、あんなのが当たれば大変なことになるのは間違いない。

「ユリウスとこうして遊べるなんて、嬉しいな」

「ほら、大丈夫でしょ？　危ないからレーネは離れてて、俺があいつを殺すから」

「殺すってなに？」

けれどアーノルドさんもやけに楽しそうで、同じ威力の雪玉を投げ返している。二人だけ命を取り合う戦いをしており、私は大人しくそっとその場を離れた。

「はっ、私の相手は吉田だとは」

残っていたのは私と吉田で、こちらへ視線を向けた吉田は「はあ」と溜め息を吐いている。

私もただ逃げ惑っているだけで未だ活躍していないし、しっかり戦わねばと雪玉を握りしめた。

「おい、吉田！　ちゃんと倒せよ！」

「……分かっている」

どうやら王子とヴィリーは相打ちだったらしく、今は応援に回っている。

まずはジャブ程度に雪玉を放ってみたものの、すんなりと避けられてしまう。吉田も運動神経はかなり良いため、相当手強い相手だろう。

それからは必死に雪玉を投げ続けたけれど、当たることはなく。魔法で作れない私は雪玉がなくなってしまい、大ピンチを迎えてしまう。

「おい、今だぞ！」

「うわあ！」

避けるのに徹していた吉田は私からの攻撃が止み、雪玉を手に投げる動作に入ったものの、ぴたりとその動きは止まる。

「…………」

どうやら私に雪玉を当てるのを躊躇っているらしく、吉田は戸惑ったような顔をしていた。

真摯で優しい性格もあり、女子に雪玉を当てるというのは吉田の武士道に反するのだろう。

「よ、吉田……！　ここは一思いに――」

「ごめんね、ヨシダくん」

もう諦めてどうぞ当ててくださいと私が両手を広げたのと同時に、アーノルドさんを倒してきたらしいユリウスがぽい、と軽く投げた雪玉が吉田に当たる。

「あーあ、俺達のチームの負けだね」

「すまない」

「気にすんな！　次があるって！」

そうして二人残った私達のチームが、勝利となった。

「やっぱり俺、ヨシダくんは信用できるよ」

「全然嬉しくないです」

ユリウスにぽんと肩を叩かれた吉田は、溜め息を吐いている。今日も吉田、好きだ。

「ははっ、なんかすげー面白かったな」

「…………」

「セオドアって意外と負けず嫌いだよな。いいぜ、もう一回対決するか！」

「僕も次こそレーネちゃんと同じチームになりたいな」

「うん、もう一回やろう！」

それからも日が暮れるまで、私達は子供みたいに外で雪遊びを続けた。

◇◇◇

「みんな、またね！　今日は本当にありがとう！」

全員を門で見送り、見えなくなるまで手を振った私は、本当に楽しかったという気持ちでいっぱいになりながら、屋敷へと戻った。

そのまま何となくユリウスの部屋でゆっくりすることになり、二人並んでソファに腰を下ろす。

そうして今日の楽しかったことなどを話していると、ユリウスが軽く手をこすり合わせていることに気が付いた。

ユリウスは元々寒さに弱いし、ずっと外にいたことで冷えてしまったのかもしれない。

「大丈夫？　寒かった？」

「うん。すっごく」

即答したユリウスは私の身体にぎゅっと腕を回し、甘えるように体重を預けてきた。

寒いと言えば、私が振り払えないのを分かってやっているに違いない。

「今日、すっごく楽しかったな」

「そっか」

「うん！　友達っていいなって、百回くらい思ったもん。私、みんなのことが大好き」

「だろうね。みんな知ってると思うよ」

くすりと笑ったユリウスは、私を抱きしめる腕に力を込める。

「でも、俺が一番好きでしょ？」

「……そ、そう、かもしれないけれども」

好きに順位をつけることには少し抵抗があるものの、否定できないのも事実だった。

ユリウスはそんな私を見て、満足げな笑みを浮かべている。

「俺もレーネが一番好きだよ」

「くっ……」

甘い声や言葉にどきどきしてしまい、「つ、次は何して遊ぼっか」と無理やり話を変えると、ユリウスは「本当にレーネってムードの欠片もないよね」と楽しげに笑っていた。

「……大人になっても、ずっとみんなと仲良くできたらいいな」

「できるよ。レーネなら絶対に」

やっぱりユリウスがそう言うと、本当に叶えられる気がする。

――その後、疲れ切った状態で自室に戻ってゆっくりしようとしたところ、部屋中に鍋の悪臭が染み付いていて苦しむのは、また別の話。

あとがき

こんにちは、琴子です。

この度は『バッドエンド目前のヒロインに転生した私、今世では恋愛するつもりがチートな兄が離してくれません!?』四巻をお手に取ってくださり、誠にありがとうございます。

初めての四巻、とってもとっても嬉しいです！　いつも応援、本当にありがとうございます。

レーネ達の濃い一年生編が終わった巻でもありましたが、ようやくユリウスへの恋心を自覚しましたね！　とは言え、まだまだ困難や波乱は待ち受けているのですが、ここから恋愛面もしっかり進んでいけたらと思います。

ユリウスの溺愛も増し、溺愛を書くのがとにかく大好きな私はうきうきしています。

今後はもちろん吉田や愉快な仲間達との友情なども楽しく描きつつ、ユリウスの過去やこのゲーム世界のことについても明かしていけたらと思います。鈴音の方も気になるところです。

次巻は新キャラも出てくるので、こちらも楽しみにしていただけると嬉しいです！

今回の収録部分で反響が大きかったのはやはり、ランク試験編の吉田のシーンでした。どうしてもここは挿絵で私も見たくて、くまのみ先生が超イケメンな吉田を描いてくださいました！

　この流れでイラストの素晴らしさを語らせていただこうと思うのですが、一番ぐっときたのはレーネの変化です。最初よりもずっと女の子の顔になって、乙女感がアップして照れ顔も本当に本当に可愛くて……！　また、今回のＴＫＧで戦うシーンの挿絵、あまりにもかっこよくて泣きました。

　ミレーヌのあまりの美しさには感激し、椅子から転げ落ちました。解釈一致超え、天才です。そしてやはりユリウスが格好良すぎる問題です。好きが爆発しました。添い寝の甘い表情、キスをされて驚く表情、泣くレーネを見つめる優しい表情、そして私が気絶したラストの囁きシーンの余裕たっぷりな表情の伏せ目、神……ですね……。そもそもカバーも素晴らしすぎませんか⁉

　あっページがやばいのでそろそろ黙りますが、くまのみ先生、今巻も素晴らしいイラストをありがとうございました！　大好きです！　五巻も本当に本当に楽しみです！（強火ファン）

　そしていつもいつもお世話になっている担当さん、本当にありがとうございます。

　ＴＯブックスさまから出版させていただいた書籍とコミックスも十冊を超え、とっても感慨深いです。まだまだ増やしていけるよう、これからも頑張ります！

　また、本作の制作・販売に携わってくださった全ての方々にも、感謝申し上げます。

また、七星郁斗先生によるコミックス二巻も今月発売しています！　皆さま、こちらも最高に素晴らしいんです（大声）あのシーンもこのシーンも全て、美麗な超面白い漫画で読めてしまいます。

二巻でメインキャラは出揃い、それはもう楽しくてときめく一冊になっております。

小説を読んでくださった皆さまも絶対に楽しんでいただけると思うので、ぜひぜひお迎えしていただけると嬉しいです。神シーンばかりです。全部好きです。

最後になりますが、ここまでお付き合いくださり、本当にありがとうございました！

こうして「チート兄」が書籍として続いていけるのは、ご購入してくださる皆さまの応援のお蔭です。まだまだレーネ達のお話を書いていきたいので、今後とも見守っていただけると幸いです。

ファンレターやプレゼントも本当にありがとうございます！　家宝としてこまめに読み返し、とっても元気をもらっています。（TOブックスさまは食品NGなのでご注意を……！）

私も今年一月でデビュー二周年を迎えまして、作家三年生になった今後も頑張ってまいります！

それではまた、五巻でお会いできることを祈って。

琴子

コミカライズ 第三話

漫画：七星郁斗

原作：琴子

第3話
…で あるからして
この魔力は 水属性から きており
能力を 〜〜な して…
ペラ
ペラ
どうしよう…
ペラ
さっっぱり わかんない
先生も別世界から いらっしゃい ました？

……
正直
あの能力に気付いた時は
Fランク脱出なんて楽勝では？
とか思っちゃうくらい
浮かれてた
そりゃなんでもすぐにうまく行くわけないよね…
反省
この授業なんて用語の意味すらわかんないいんだもん
ズ――ン
…やっぱりここは
地道に勉強していくしかないか

すべてはキラキラ学園生活のために！
そうと決まれば今日はさっさとお昼を食べて
図書室に勉強しに行こっと
一分一秒大切にしなきゃ
まず売店の場所は…
生徒手帳
?
きゃあああぁ
あ
あれは…

セオドア王子
と
青髪メガネ美青年
なーんか見覚えあるんだよなぁ…
あの人も攻略対象だっけ？
とはいえ今は魔力量のために
こんにちは！
コミュニケーションを…

スタスタスタ
とりたいんだけどな～～～
またしても完全無視…！
うううっ
流石にこれは恥ずかしい…
これで好感度が上がるかどうかはわかんないけど
くす
見たー？今の
す
何突っ立ってんの？
こっちもコツコツやっていくしか…

レーネちゃん
ぎゅっ…
あ
兄…!

あははは
何その呼び方
ぐいっ
私のことは妹と呼んでもらって結構です
わな
わな
俺はお前を妹だと思ったことないよ
あらあらそうですか
不出来すぎて妹にすら見られていなかったと？
だったら余計に放っておいてほしい
あれ？
妹ちゃん？

珍しいね
ユリウスから
話しかけるの
ド
はわ
ドストライク!!
うっ
?

待って待って
めちゃくちゃ
好みなんだけど!?
こんなキャラ
ゲームには
いなかったよね
え?
モ…?
モブ??
あの顔で!?
大丈夫?
(声にならない叫び)
だ
大丈夫です…
すみません…
そう?
近いし…
心臓に悪い…!!

じゃあ僕は図書室に用があるから
またね
これからは目の保養にさせてもらおう…
何
もしかしてアーノルドのこと好きになっちゃった?
へ
朝も王子に話しかけてたし
いつからそんなに気の多い女になっちゃったのかな
違うってば!
ちっ
ユリウス…お兄様?
…いったい何をなさっているんですか?

別に何も？
なんでそうなる!?
悪化する前に早く離れないと…
ぐっ
う
ぐぐっ〜
動かないだとぉ〜〜〜!?
ユリウスの手
私はいい加減にして
そうだ昼飯食べた？
あまり目立ちたくないし
学園内で私に話しかけないで
お前どうせぼっちでしょ？一緒に食べようか
話聞いてる？
あの

どうして急に
お姉様と仲良く
なったんですか？
答えて下さい
俺はずっと
レーネと仲良く
したかったんだよ
ただ元々の
レーネが俺に
冷たかっただけで
ぞぞぞぞっ
絶対嘘でしょ
うん 嘘
でも今は
本当に
レーネと
仲良くしたいと
思ってるよ
つーんっ

ね
!?
あ〜〜〜
もうっ!!
ぐっ
ゴッ
ゴッ
これ以上茶番に
付き合ってらんない!!

お兄様!!?
うう…
ヨロ…
早くしないと昼休み終わっちゃう
逃
えーっと
あとは魔法学の資料を…
くす
やだぁ何あれ
くす

今更
どうしたの？
くすくす
あんなもの
初等部の頃に
読むもの
じゃない
カッチーン
フン！
基礎を
笑う者は
いつか基礎に
泣くことにな…
ズルッ
わっ
ドシャー
いたた…
あははは
ここでも
嫌がらせか…
大丈夫？

はい どーぞ
あっ
ありがとう ござ…
ポン
レーネちゃん
勉強 がんばってて 偉いね
がんばって
それじゃ またね

……
爽やかだ
ほわ…
このゲームの開発者さん
どうして彼をモブキャラにしたんですか？
よーし
今日の復習もバッチリだし
来月の試験に向けての
現状把握をしなくちゃ

ポヤ〜ん
魔力については
とにかく王子に挨拶をして…
攻略対象かもしれないし
かき
かき
一応青髪メガネ君にも声をかけてみよう
ん—…
残りの数人って
どんなキャラなんだろ…
髪色は被ってないはずだけど
知識については
魔法学を集中的に勉強っと
あとは…
残念だが

魔法に関する家庭教師となると
探すのが大変なんだ
そ
そんな…
これじゃ技術のスキルが上げられない…
何しろ人口の3割程度しか
魔法を使えないからな
魔法使いは皆それ相応の仕事についていることが多いんだ
学園の先生にお願いしても相手にされないだろうな…
俺が教えてあげるよ

えっ!?
俺より最適な人間はいないと思うけど？
ああ それがいいいな
同じ学園だから対策もできる
ええ!?
どうして・・・
うーん 何か裏がありそうだし
兄に借りを作るのも嫌だけど
今は脱Fランクを優先しなきゃ！
よろしく…
お願いします

うん
それにしても肘打ち痛かったなー
……すみませんでした
こうして翌日から私は兄と共に
魔法の練習を始めることになったけれど
この選択によって何もかもが変わっていくことを
この時の私はまだ知らない

大人気
強メンタル令嬢の愛され魔法学園ファンタジー
第５弾！

（宝島社刊）
『このライトノベルがすごい！2023』
単行本・ノベルズ部門
第1位
殿堂入り
詳しくは原作公式HPへ
tobooks.jp/booklove

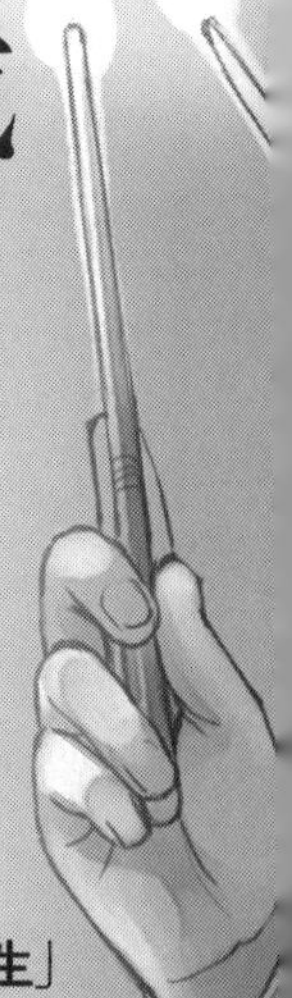

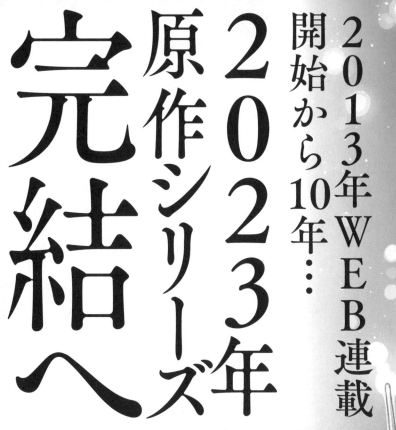

恋を賭けた――
乗馬大会《ミーアピック》が始まる！

…って、いろいろ想定外ですわ！
ミーアさまぁ…！
ティアムーン帝国物語XIV
断頭台から始まる、姫の転生逆転ストーリー
2023年秋発売！
Tearmoon Empire Story
餅月 望——著
Gilse——イラスト
ドラマCD第2弾
好評発売中！

バッドエンド目前のヒロインに転生した私、今世では恋愛するつもりがチートな兄が離してくれません!?4

2023年5月1日　第1刷発行

著　者　琴子

発行者　本田武市

発行所　TOブックス
〒150-0002
東京都渋谷区渋谷三丁目1番1号　PMO渋谷Ⅱ　11階
TEL 0120-933-772（営業フリーダイヤル）
FAX 050-3156-0508

印刷・製本　中央精版印刷株式会社

ISBN978-4-86699-830-5

Printed in Japan